當代詩話

Poetic Notes on Contemporary Poetry

簡政珍 著
Cheng-chen Chien

國家圖書館出版品預行編目資料

當代詩話 = Poetic Notes on Contemporary Poetry / 簡政珍著. -- 一版. -- 臺北市：書林出版有限公司, 2025.03
面； 公分

ISBN 978-626-7605-10-3（平裝）

1.CST: 新詩 2.CST: 詩評

863.21　　　　　　　　　　114000566

當代詩話
Poetic Notes on Contemporary Poetry

作　　　者	簡政珍
編　　　輯	張雅雯
出　版　者	書林出版有限公司
	100臺北市羅斯福路四段60號3樓
	Tel (02) 2368-4938・2365-8617　Fax (02) 2368-8929・2363-6630
臺北書林書店	106臺北市新生南路三段88號2樓之5　Tel (02) 2365-8617
學校業務部	Tel (02) 2368-7226・(04) 2376-3799・(07) 229-0300
經銷業務部	Tel (02) 2368-4938
發　行　人	蘇正隆
郵　　　撥	15743873・書林出版有限公司
網　　　址	http://www.bookman.com.tw
登　記　證	局版台業字第一八三一號
出版日期	2025年3月一版初刷
定　　　價	250元
Ｉ Ｓ Ｂ Ｎ	978-626-7605-10-3

欲利用本書全部或部分內容者，須徵得書林出版有限公司同意或書面授權。
請洽書林出版部，Tel (02) 2368-4938。

目次

自序：當代詩話裡的乾坤 ——————— 9

▍第一輯：詩話・詩學

詩作的緣起 ——————————— 16

踰越時間的瞬間 ————————— 17

寫作的空間 ——————————— 18

「當下」與「曾經」———————— 19

演練紙上風雲 —————————— 20

獨白與交響 ——————————— 22

獨白與對話 ——————————— 24

現實題材是想像力的試金石 ———— 25

反映人生？還是反應人生？————— 26

詩人不只是觀察者 ———————— 27

詩人與語言的對話 ———————— 28

詩以意象重組現實 ———————— 29

「未曾」與「已不在」——————— 30

「永恆」的幻影 ————————— 31

明知沒有永恆 —————————— 32

明天不是今天的重複	33
追趕語言	34
傾聽語言	35
詩與歌不同	36
形象轉化成意象的能力	38
詩集不是郵寄包裹	39
意象的時間性與空間性	41
閱讀的美感經驗	42
意象「顯示」，不「告訴」	43
詩不是潛意識的囈語	44
對想像的凝視	45
意象的姿勢	46
「看」與「凝視」	47
詩人的「不得不」	48
閱讀中忘記技巧的瞬間	50
閱讀中有所感的沈默	51
「瞭解」與「知道」的區別	52
創作的偶發因素	54
閱讀中的偶發因素	55

詮釋與有感的閱讀	56
去除先入為主的觀念	57
以詩作印證詩人的行徑？	58
馴服文本中的怪獸？	60
比喻使抽象具象化	61
如何享受一首詩？	62
比喻讓人有所驚覺	63
從「寫我」到「寫他」	65
人生反映文學	67
詩存在於「未來」完成的一瞬間	69
原始動機在語言中延異	71
詩是描述（describe），不是開藥方（prescribe）	73
詩・語言・社會	74
詩的意象思維	76
詩的「有趣」在此	77
詩的生存空隙	78
道德觀與美學觀	79

第二輯：詩話・詩學隨想

七十二則無標題詩話 ——— 82

第三輯：詩話・詩史・後現代

不相稱的構圖 ——— 120
個相與通相的界域 ——— 121
意象的流動性 ——— 122
意象與意涵的浮動 ——— 123
橫軸與縱軸的牽引 ——— 124
「不甚在意」的詩中人 ——— 125
「他者」的世界，有時我不能干預，有時我不忍缺席 ——— 126
「愉悅」與「崇高」 ——— 127
詩選的流行框架 ——— 128
空隙的填補 ——— 129
「知性」？「感性」？ ——— 130
「語言擁有我們，而非我們擁有語言」 ——— 131
七〇年代的兩種現實 ——— 132
巧喻（conceit）與現實 ——— 133

歧義是美德？	134
「文意」與「意義」	135
所謂「超凡的想像力」	136
隱喻與意象的牽連	137
比喻與並置	138
Word 與 world 的結合	139
從空隙中閱讀到自我	140
讓「風箏」浮動	141
符號與象徵	142
「這個句子做了什麼？」	143
技巧與生命的躍動感	144
所謂「陌生化」	145
一般有詩史傾向的書寫	146

第四輯：詩話・詩學問答

為何文本細讀是美學的基礎？	148
如何區分意象的「發明」與「發現」？	151
「發現」如何展現創意？	153

為何現代詩的白話並非散文化？	155
詩與散文的主要區別在哪裡？	157
是否能以理論的準則看詩？	159
如何看待當代的漂泊意象？	161
概念思維與意象思維有何不同？	162
何謂成功的超現實詩作？	164
「寫詩」與「做詩」有何不同？	165
「寫詩」/「做詩」與套用理論的關係	167
「目的論」的盲點	168
「看見」意象與「看穿」意象的主從關係	170
一些批評家的兩種心態	172
詩壇/學界對「技巧」的誤解	173
長詩美學	175
問：「要如何寫詩，才能吸引文學獎評審人的目光？」	177
簡政珍簡歷/寫作年表	179

自序：當代詩話裡的乾坤

　　詩話，是古代評論詩、詩派、詩人創作的著作，形式有詩也有散文。詩話的萌芽很早，可以追溯到漢朝的司馬相如論作賦、揚雄評司馬相如賦。許多人認為鍾嶸的《詩品》是百代詩話之祖，而歐陽修的《六一詩話》才真正有「詩話」這樣的詞語。

　　我的當代詩話結合了傳統詩話的精神與當代時空的特性，有下面幾個面向：

一、意象

　　傳統詩話裡，理念的呈現經常與詩作穿插，因此這個詩話既含濃稠的詩觀，又含幽微的詩意，如白石道人說：「歲寒知松柏，難處見作者」。松柏能真確體受寒冬，正如詩作之難只有詩人有切身的感受。歷來寫詩話的，大都也寫詩。透過意象，詩觀不流於抽象化、概念化，如此的詩話也因而有血有肉。

二、哲學

　　詩話要呈現動人的詩觀,必然含蘊深厚的人生哲思。不是純然的邏輯推演,而是以人生為依據的哲學思維。如司空圖「二十四詩品」說的自然:「自然,俯拾即是,不取諸鄰」,「真與不奪,強得易貧」。人生在世,不論是否寫詩,為人在於自然存真。不強奪,強得看似致富,但終究造就貧乏。人生如此,寫詩也如此。文辭造句,刻意扭曲,表象華麗多采,卻是掏空的內涵。好的詩話是哲學的化身,深刻而讓人動容。

三、意象與哲學的結合

　　不論白石道人或是司空圖,上述的詩話早就「意中有景,景中有意。」司空圖在論述自然時,說了「真與不奪,強得易貧」後,緊接著是一個動人的意象:「幽人空山,過雨采蘋」。不假外求,面對空山,幽人身心自在圓滿。理佐之以象,非常有說服力。因此,詩話得以動人在於:意象與哲學的結合。我在《當代詩話》這本書裡有一則:「哲學是抽象的智慧。抽象概念經由意象化後,既保持原有哲思的縱深,又讓通相落實於個相。當作品富於深度,

文學幾近哲學;當思維富於意象,哲學幾近文學。詩的意象思維正是文學與哲學的交會。」

四、語言的沈默

文言文時代,文字言簡意賅,話不多說,但意義悠遠,引人想像。當代以白話文寫詩,一不小心,就變成散文。關鍵在於,詩有「說」與「不說」。該說的是「景」,不該說的是「情」,因為「情」是用感受的,不是用說的。

以白話文寫「詩話」,也要有「說」或「不說」的自我提醒。該說的是啟迪人心的智慧;不該說的是,是反覆說明的陳述,使文字變成贅語。當代詩話需要以傳統詩說為鑒,時而以意象取代概念思維,時而掌握文字潛在的沈默,不廢言廢語。「沈默不是啞巴式的無言,而是語言趨於飽滿的狀態。」

五、非印象式批評

傳統詩話雖然語言精緻,言簡意賅,但論述經常流於「印象批評」,如標題為「含蓄」、「豪放」、「委屈」等等的情緒用語。即使以詩的意象為例,也是提供一種「印

象」,很少細讀文本,做更精細的閱讀。

當代詩話務必要跨越「印象批評」,使詩的體會超越「概而言之」的印象。因此,文本的精讀細品是重要的美學基礎。詩話點出詩的核心思維,但實際批評時,關注的是文字呈現的細節。批評,不是概念式的「印象」,而是透過文字細讀,進入詩學的堂奧。

六、非理論的框架

但文本細讀並非為了建立一個有系統的理論架構。當代詩話保持傳統詩話「自在」、「非系統化」的思維。詩話的產生沒有預設的框架,詩話的完成也非為了建立一個框架。

當代詩話是在文本「精讀細品」的基礎上,體會到意象的流動性、文本的多義性、矛盾性;體會到文本的「結構」與「解構」可能是一體的兩面。文本細讀是深化文本的糾結與弔詭,而非將其簡化成「系統」、「主義」、或是「主題」。

七、詩觀,而非詩論

既然不是為了「主義」、「主題」,當代詩話是在某些情境提出一個詩觀,而非有系統的詩論。詩觀可能來自於隨想,可能來自於對於個別詩作的觀照,然這個觀照隨著討論對象浮動變易。

當代詩話體會到文字的活潑性、嬉戲性,但由於對文字的尊重,詩話不會讓文字的嬉戲性淪落成為文字遊戲。詩作與詩觀都在體驗生命。當代詩話所關注的是帶有哲思有生命感的詩作,與傳統詩話遙遙呼應。

八、詩與詩觀的當代性

當代詩話所牽連的就是傳統與當代性。艾略特說:沒有當代性就沒有傳統。假如脫離當代現實人生,所謂傳統再也無法號稱「傳統」。當代詩話並不刻意呈現現實的背景,但要讓讀者感受到這「當代人」在面對「當代的時空」。

當代詩話聚焦的是現當代詩,呈現的是當代的詩觀。因此,傳統進入當下,國外的思維也進入當下。詩話因此

是縱軸（空間軸）與橫軸（時間軸）的交集。當代詩話自我提醒：因為當下，豐富了傳統，因為傳統，穩固了複雜的當下。

這本《當代詩話》分為四輯。第一輯〈詩話・詩學〉，是有標題的詩話。第二輯是七十二則沒有標題的詩話。第三輯〈詩話・詩史・後現代〉。顧名思義，詩話聚焦於詩史與後現代情境。第四輯〈詩話・詩學問答〉，以詩話的形式探討當今詩學的問題。

自二〇一九年正式加入「臉書」後，我就經常發表類似詩話的詩觀，有時以「苦澀的笑聲」為名，有時以「隨想」為名。後來，中華日報副刊主編劉曉頤請我撰寫「簡政珍詩學隨想」專欄。結合了這三種因緣，才有了今天這本《當代詩話》。感謝劉曉頤的邀請，感謝書林出版公司使這本現今唯一的「當代詩話」美夢成真。

第一輯
詩話・詩學

詩作的緣起

　　詩人和任何人一樣,是時間的產物。他的來去自有生之日開始,就隨著時間的涓流,緩慢或快速移動至終點。人以日曆或鐘錶標記自己在時間中的定位,但真正紙張和刻畫所標示的是一場命定的算數。

　　放眼宇宙,詩人無能為力,但環視周遭,詩人看到一個心靈世界。宇宙和時間籠罩一切,但心靈瞬間的跳躍卻可以重新調整人和世界的關係。

　　詩使草木生情。當自然染上人本的色彩,人就不再接受時間任意的差遣。

　　客體世界一意要使人臣服於固定的時序,詩人以詩踰越原有的步調。漫長的歲月在詩中一筆帶過,而眨眼的瞬間卻綿綿流長。

踰越時間的瞬間

　　詩人在創作的瞬間,所有外在世界的喧囂歸於靜謐,所有景物在心中升騰轉形。

　　詩人以心靈的時間取代客體時間。對於時間慣有的畏懼好像頓時化為烏有。鐘錶的滴答無聲無息,日曆上數字的輪廓消失,創作經常在一個獨特的瞬間發生。

　　在這一瞬間,人忘記時間的標記,年月日分秒的細節朦朧,時間原來也介於虛實之間,一瞬間竟成久遠。

　　寫詩就是抓取這樣的瞬間。

寫作的空間

詩人必須擁有寫作的空間才能叫作詩人,而寫作的空間是寫出來的。

他不只是生活的詩人,而且是文字的詩人,雖然作為一個生活的詩人可能更重要。不是生活如「詩」,而是內心不願接受現實的規範,總以某種瞬間的狂喜輕輕嘲諷既定的步調。

文字的詩人進一步想把瞬間延展成永恆,以文字的「形」取代言語的「聲」。人生的狂喜或感觸,皆來之於瞬間;但能體會瞬間,也即感受瞬間即將不再。

詩人想把某一瞬間凝結在文字裡。

「當下」與「曾經」

　　環視周遭生活的空間，一個狂飆「類」文化的一言堂，一條眼神茫然、排隊要買篩劑的人龍，一些「國庫裡要養大量的蛀蟲才能抑制通貨膨脹」的風言風語，點線編織成這個時代的經緯。

　　面對如此的景象，詩人的情緒經不起深思，總墜入某種瞬間的空茫，在沈默中自我抽離，賦形於躍動的客體，好似時間暫時停止；但悠然醒轉，文字成形，所謂書寫的「當下」，似乎已經是「曾經」，似乎是季節過後的事。

演練紙上風雲

詩是一場紙上風雲。

報載的悲壯事件事實上是自己的事,雖然它用的是別人的名字。不論寫詩或讀詩,由心靈的感觸到紙上的詩興成形,詩引發一些事件。這些事件遙遠如飄散的清音,如烏雲過境後雷鳴的尾聲,如噴射客機留給西天的殘影。

聲形沉澱成紙上的文字,卻激起詩人或讀者的迴腸九轉,好似一切都沒發生,但一切卻像漣漪過後的清冷。

面對即將成為幻影的現實,事實上即是面對詩人即將飄散的自我。移情物化無所不在,而無所不在卻也暗示原有的自我已不在。

在旁人看來，作為一個有生命感的詩人是個悲劇，面對現實卻無力改變現實。但詩人在演練紙上風雲時，完成了自我。

註：以詩牽繫人生，有深度且文字不流於散文化的詩人，我稱之為有生命感的詩人。有生命感的詩人不板著臉、不說教；他經常有幽默感，不時發出苦澀的笑聲。

獨白與交響

詩吐納的是語言的弦外之音,不是口號。語意款款而流,不是吶喊。詩的興味在於其中的留白,不是散文化的說明意旨。

詩是一種獨白,不是演講的口齒伶俐,它和自己對話,而不訴諸聽者的情緒反應。

獨白的瞬間似無目的,但獨白前,詩人卻環顧今生今世有所感而發。

置身於周遭生活的聲音,詩人回響的不是情緒的吶喊,而是詩作中的沈默。

寫詩是聲音後的沈默,因為它是一種獨白。

寫詩的瞬間是自我的獨白,但獨白的前奏是眾聲交響。

註一：詩人有時感嘆世事的浮光掠影，但他的感嘆在文字的沈默中。

註二：正如沒有紮實生活的人，沒有資格講空，沒有眾聲交響的前奏，獨白將可能只是自我情緒的自瀆。

獨白與對話

寫詩是詩人的獨白,但獨白中,詩行卻彼此對話。若詩行彼此對話,詩展現的就不是詩人一成不變的原始動機。

文學所謂「交感」,可能是詩人和周遭情景的對話,可能是讀者和作品的神交,也可能是詩行進行中,在一黝黑的隧道中試探回音。

詩行的言語和回音共鳴,回音可能引發下一個詩行的聲音。

詩的聲音也就是詩人調和詩行間的對話。詩行間,語言不一,但異中求同,不是齊奏,而是合奏。

現實題材是想像力的試金石

　　現實題材是詩藝與想像力的試金石。詩和音樂一樣，聽眾越熟悉的曲子可能越難彈奏。能以馬桶為題寫一首好詩，這個詩人幾乎就有能力寫任何題材的詩。

　　現實事件撼動人心，詩人的感受最敏銳。但詩人個人的感動和詩作的感動人是兩回事。正如艾略特所說，詩不是表現情感的強度，而是藝術處理的強度。

　　具有藝術強度的詩，必定隱含深厚的情感。

　　詩人足以自重的，不是他有口出囈語的權利，而是以文字賦予外在世界一個秩序。

　　從天才的火花散射到凝聚火花成為一盞燈是一條很長的路。

反映人生？還是反應人生？

　　詩人所觀照的現實並非現實的複製品。文學並非只是反映人生，而是對人生的反應。

　　寫詩是詩人對人生的閱讀和詮釋。詩因此要有生命感。

　　現實咄咄逼人，時光流轉，詩人有感於萬物在時間下的摧折，常陷於瞬間的空茫。寫詩是空茫感後的無中生有。

　　以數字算計日子，生命很有限。時光的鎖鏈拉著人的雙手離去，詩人在黝黑的隧道前回首作明亮的一瞥。

　　詩人只希望對現實一瞥的瞬間能在詩中展延，儘管隨後他將墜入無止境的黑暗。

詩人不只是觀察者

　　人經由「他者」才能深切體認到真正的「自我」。人和「他者」或是外在世界互動時產生同理心，而同理心是好詩必然的基礎。美國詩人麥克理希（Archibald MacLeish）對詩人有一段極動人的描述：「詩人不只是觀察者，而是觀察情境裡的演員。在詩裡講話的語音就是他的語音，是痛苦事件中的承痛者，是愉悅事件中的愉悅者。」

　　但，麥克理希這句話並不意謂：詩中人就是詩人。

詩人與語言的對話

　　語言,是無形的生命;詩是詩人與語言對話的結果。

　　當詩人的自我凌越語言,語言遁走,詩變成自我的投射,文字服膺詩人的意圖,詩作乃變成強詞說理或情緒的傾洩。

　　詩的語言不是字典規範的意義。它不是詩人的工具,它不像茶杯可「用」來盛水,也不像手帕,可「用」來擦眼淚。語言不能「用」來寫詩。

　　在「冬日,茶杯包容午後的苦澀」中,這個茶杯不只是盛水的茶杯,因為它有了生命。

詩以意象重組現實

詩以意象重整現實。

但所謂重整現實，不是暴流捲走泥沙，而是微風在現實的湖面上留下一點漣漪。漣漪能讓湖面留下難以磨滅的皺紋？還是微風過境，一切沒有痕跡？但這不是詩人必然要問的問題。詩只是以微風的型態宣示存在。

詩人心靈的肌膚可能在碰撞摩擦中淌血，生活甚至必須截除一些稜角才能適應現實的模式。假若語言是現實的工具，詩人將變成口吃，欲言而不能言。

詩人以沈默書寫存有。沈默不是啞巴式的無言，而是語言趨於飽滿的狀態。

「未曾」與「已不在」

　　過去的時光是很多詩人詩作的泉源。回憶帶有苦澀的美感。詩似乎再現了往日的笑聲和淚影。

　　回憶是人在心湖中撩撥漣漪。

　　布萊（Georges Poulet）說：我們所欠缺的不是「未曾」，而是「已不再」。

　　(What we lack is not "not yet," but "no longer.")

　　詩人從記憶中抓取一個似真似幻的臉孔，一個似虛似實的手勢。回憶往事暗指記憶的破碎和殘缺。

　　一個臉孔可能夾雜不同臉孔的表情，一個手勢可能被另一時空的手勢介入。

「永恆」的幻影

　　詩人以書寫空間面對時間的洪水，洪水過後，存有是否能步入永恆？

　　永恆是詩人面對罔無的寄託，但實際上可能是罔無的化身。詩人生命有限，詩是使有限變成無限的幻影。

　　所謂永恆是人類命定面臨空無的自我夢幻。沒有一個人願意承認這是空洞的夢，因為這個夢使人短暫的存有有一個冀期的假象。

　　當詩人從永恆中醒悟，他所看到的是涓滴存在的瞬間。詩人不再以未來作為一切自我延遲的藉口，因為沒有所謂的未來，只有現在。

明知沒有永恆

　　詩人的悲劇性就在於看清人世幻滅的本質，還在力求寫詩瞬間的充實完滿。

　　詩人寫詩猶如頸項感受刀刃的冰寒時，還以嘴巴尚有的餘溫吐出此時此刻的存有。

　　寫詩正如即將墮入黑暗前，面對最後一絲光線的淺笑。

　　詩是存有在虛實間的擺盪。它發出類似時鐘的滴答，一方面告訴世人時間無形的魔影，一方面以即將咽啞的聲音，標示存有一秒秒的消失。

　　詩人的可愛和可悲就是明知沒有永恆，還努力使眼前的一分一秒點滴聚集成永恆。

明天不是今天的重複

　　有些人努力使自己變成雕像，但在詩人的眼光中，雕像最主要的收穫是：每天可以在酸雨中沐浴，每天可以用巨大的肩膀與頭顱收集鳥糞。

　　有些人嚮往政客在政界和金融界裡翻雲覆雨，但在詩人的眼光中，政客只是一枚銅幣，在人們的手指間輾轉發亮，漸漸地喪失了顏面。

　　詩人不因循既有的價值成規，也不因循日子一再重複的步調。

　　只有寄望明天不是今天的重複，今天才值得活下去。

追趕語言

　　常聽人說：「這個人的思想很好，只是語言不夠好。」這句話的立論千瘡百孔，因為思想的精準必定涵蓋語言的精準。

　　許多令人激動的場面中，詩人很想寫卻寫不出來。為什麼？因為語言不能呼之即來，揮之即去。

　　詩人不僅無法操控語言，甚至還要去追趕語言。

　　有時，處於震撼感動的瞬間，詩人突然感覺語言在前面跑，他在後面追；在追趕中，也許語言回過頭看他一眼，給他一個眼神，然後文字就出來了。

　　詩是詩人的意識和語言交融的產物。

傾聽語言

　　詩人傾聽語言時，情緒沈澱成情感。

　　傾聽語言，意謂詩人適度棄絕原先的自我，將原來即將噴灑出的言語吞下去變成沈默。以「聽」替代「說」。自我棄絕也暗示詩人跳脫出已成習慣的文字。

　　文字暗藏詩人積累的經驗和慣性思維。「跳脫」意味從約定俗成的經驗跨進另一層領域，人在這一層領域看到真我，看到語言的閃閃發光。

　　「語言是光」，因為語言閃爍著生命感。感受如此，意象接續出現與詩人相互凝視。

　　於是，有詩。

詩與歌不同

細緻敏銳的讀者有兩種體認:

一者,詩不適宜說成是詩歌。詩與歌不同。歌者,一聽就懂。詩者,在聽到與感受到之間,有時間的落差。讀詩是讀者一面追趕時間一面在時間落差下的感受。

二者,有人因為現代詩不押韻,而攻擊現代詩沒有音樂性。

好的現代詩不押韻,卻有豐富的韻律。韻律顯現的不僅是聲音,還有意象。聲音的韻律是詩行行進的和諧感。意象的韻律是意象語意的共鳴。

文字中,聲音的迴響是時間性的韻律;詩行中,意象的相互呼應是空間性的韻律。

註一：意象空間性的韻律經常被忽視。但看看我們生活的空間，任何物品的陳列擺設都有韻律。
註二：「聲音的迴響」指的是詩行文字的聲音，而不是詩行中聲音的意象。若是聲音的意象，仍然是空間性的韻律。

形象轉化成意象的能力

寫詩的能力就是詩人透過「心眼」將形象轉化成意象的能力。

以「節食無益，新來的消息又讓你增加兩公斤」來說，詩行的張力在於「新來的消息」和「增加兩公斤」間的留白；邏輯的一貫性被打斷，留下讀者冥想的空間。

「要多少肺活量才能吞吐滿街的塵埃」是意念的剪輯造成靈視。「肺活量」用以維護人體生（身）機，但必須「吞吐」體外周遭的汙染，已暗示個人對這個現實世界的諷喻。

諷喻不是控訴，不是搖旗吶喊。政治革新的首要條件是語言觀念的革新。

詩集不是郵寄包裹

　　訊息在詩語言中如滾雪球，有時越滾越大，有時因撞擊而支離破碎；意義在接受者的詮釋中可能逐次膨脹，也可能細弱如微塵。

　　意義在詩語言的傳遞中不是郵寄包裹。

　　在郵局寄包裹，放進四本書，除非投遞遺失，否則接受者打開一定發現四本書。

　　詩語言的包裹則不然，有人打開可能發現五本書、六本書，有人打開可能覺得一本書都沒有。

　　意義的延伸說明詩語言不只用於傳達意旨，它本身也是意符。

註：作者在寫一首詩時有自己的想法，這個想法是從他自己的角度去感受。敏銳的讀者從同一個角度切入，但他的體會可能更深更開闊。有時，讀者甚至融合了作者原有的思維與自己另外的想法。以上這兩種狀況，讀者所看到的，不僅是作者原來放進去的四本書，而是五、六本書。

當然，讀者必須根據文本，而不是天馬行空的自由心證，否則他根本沒有看到任何一本書。

意象的時間性與空間性

　　文字的進行受制於時間，形象展現空間，詩的意象正是以時間性的文字呈現空間性的形象。詩人最大的考驗就是意象的經營。

　　文字是時間性的藝術，因為聲音隨著時間的流動展現。讀者在詩中的感受是藉由逐字逐行的閱讀，帶著探索的心情來感受個中趣味。創作是時間空間化的結果。閱讀也如是。

註一：詩就是編織時間與空間的意象思維。
註二：意象自我呈現，不做「說明」的動作。因此，要釐清「詩」與「歌」的不同。因為「說明」，歌一聽就懂，而「詩」在「聽」與「懂」之間經常有時間的落差。（請參考之前有關「詩」與「歌」不同的討論）

閱讀的美感經驗

　　詩的創作與閱讀都有時間性的要素。它的意義不是瞬間空間性的敞開如繪畫；觀賞時，一幅畫的上或下、左或右，都可以隨意當作視覺的起點或是終點。但不論寫作或是閱讀，詩總在逐字逐行中一秒緊跟一秒的進行。詩從已知探索未知。在探索中，未定性的焦慮、好奇是重要的美感經驗。詩的時間性意味作者與讀者是在文字的拿捏體驗中，詩外表的輪廓，以及內在的意涵才慢慢成形。

　　一首已完成的詩佈滿意象的空間構圖，但詩人或是讀者對空間既有的佈局，一定要體認到文字時間性的安排所呈現的美感。詩的創作過程猶如充滿驚訝的旅途，沿途風景森羅萬象，因此，詩路之旅不是直驅目的地。詩人在寫詩的過程中才觸摸到、看到詩（雖然這個過程，有時只是心裡的琢磨思維，而尚非「寫」的實際動作），而不是將已是成品的詩塞進語言。

意象「顯示」，不「告訴」

意象促成結構，又從既有的結構中脫軌。

詩的源起可能是一個新鮮的意象。如「頭皮屑是思想的排泄物」，由意象推演成敘述，而一旦有敘述，就隱含牽繫的結構。

另一方面，意象使詩在既有的結構或邏輯中脫軌。在常理邏輯中，「頭皮屑」和「思想的排泄物」兩不相干。

意象是思維的轉形，是詩人觀察、聯想、哲思的濃縮。意象滲透讀者的心靈，以凝聚的沈默反襯口語的冗長。

意象不說明意涵，「顯示」（show），而不「告訴」（tell）。

詩不是潛意識的囈語

詩的語言不因循常理,因為意象不是對事物的既定反應。

但若是意象完全背離常理邏輯,它可能變成潛意識的囈語。右手抓住一個月亮,口袋裡掏出一個太陽,詩變成詩人「自我」膨脹的表徵。

若是想像無止境的膨脹,事實上很容易理出一套寫作「文法」。套用這套「文法」:「我一口吞吐長江黃河」,「我用小指壓碎整個地球」,「早餐,我吃掉整個銀河系」。寫詩,原來這麼「容易」。

任何人應用這套寫作文法或遊戲規則,大都可以一天寫幾十首「詩」。

對想像的凝視

　　意象來自詩人對想像的凝視。凝視的瞬間，一個長相醜陋的婦人，在詩中展現了迷人的姿容；並不是詩刻意「美化」客體，而是詩總在平凡中顯現不平凡。

　　萬物皆有存在的理由，詩所觸及的美並非只是天生賦予的長相，而是動人之姿。一條蛇被人類捕殺，牠的伴侶在水池邊留連不去，又遭到捕殺。詩人為此心神憾動，當形象在詩中以意象展現，那當然是動人之姿。

　　一個面貌醜陋的駝子捨身去救一位美女，當生命在他的眼眸裡剩下一絲殘光和詩人凝視，詩裡的這一對眼睛也在對讀者做感人的凝視。

註：我們很容易忽視讀者這一部份。讀者專注一首詩，凝視一首詩的意象，這在他人的眼光中，也是非常動人的姿容。

意象的姿勢

意象的姿勢是空間和時間辯證的結果。

一方面，它從時間中截取形象而轉植於書寫空間；另一方面，文字意象仍要遵循閱讀的時間性順序。但辯證過程中由正反到合，正是在姿勢中匯集了時空的經緯。

由於意象既來自於時間軸，也來自於空間軸，它的歸屬就必然增加繁複性和朦朧性，它是纖細複雜的比喻，因為它是隱喻和轉喻的互動。

意象的姿勢似乎是比喻的化身，但它不是一個具體的隱喻，因為它的存在缺乏強烈的意圖；它也非純然的轉喻，因為它也不是偶發性的存在。

意象的姿勢是隱喻與轉喻相互進入對方的開口，在開口融合。

「看」與「凝視」

　　詩人在湧動的時序裡，看到一個時間的斷層，在人潮中看到一個臉孔；這時喧囂退卻，留下靜謐；在這靜謐的瞬間，意象在意識裡成形。

　　當一張臉孔浮現時，詩人加以「凝視」，而非只是「看」。凝視的瞬間，詩人放棄水仙式的自我，「他人」獨占意識。凝視時，詩人從主體意識投射，轉化成主客體的意識交感。

　　凝視使「我」以「他」思維，「他」的境遇瞬間壓縮成那一張臉，而詩人在凝視的瞬間看到「他」的過去和現在，情景感同身受。

　　好的詩人不只寫「我」，更能寫「他」，而「他」也在凝視的瞬間，轉化成一個更具宇宙性的「他」。

　　「看」，主要來自於「肉眼」；「凝視」，主要來自於「心眼」。

詩人的「不得不」

　　人一生下來即注定死。如果生感知死的必然，死是一種完成，而非終結。死是存有「未曾」的部分，生命的流程是從「已經」走向「未曾」。

　　詩人感知死的必然，感受生命「不得不」的緊湊感，詩將飽藏淚光血影的稠密度。

　　時光涓滴成渠，眨眼即逝，詩所觸及的人生勢必是一種壓縮；書寫時，瞬間是時空的縮影，字詞是厚實的瞬間。

　　走向詩路注定是個悲劇，但並不悲哀。「不得不」使詩人體會到詩路是宿命的依歸，當現實人生充滿乖謬，當時代低俗到不需要詩時，詩人有「不得不」寫詩的悲壯。

註一:意識到死是一種忌諱,但也是一種豁達。
註二:海德格也說,死亡不是一種終結,但我們佛學的「往生」有更高的境界。這則詩話是人世間自我的期許,希望自己能如此面對書寫與時間。

閱讀中忘記技巧的瞬間

　　閱讀的樂趣在於讀者將自我投入作品的世界,而不是把作品當作一個冷漠無情的客體。

　　讀者從詩作中感受喜悅和震撼。儘管思緒龐雜,時空交錯,語言還未調理出一個秩序,一切盡在沈默不言中。

　　讀者的意識能在默默中融入作品,在於作品藝術的完整性,但閱讀時好作品的藝術性不會一直介入讀者的意識。

　　換句話說,越能讓讀者有所感的詩作越能讓讀者在閱讀過程中忘卻其藝術性的層面,而只感受其美學效果的震撼。

　　詩人和讀者都有詩作技巧的意識,但閱讀時讀者有強烈感受的當下,卻不會意識到其中的技巧。

　　若讀者一直注意到作品的技巧,其中的技巧一定有問題。

閱讀中有所感的沈默

　　閱讀中有「有所感」的沈默，閱讀後有久不能語的沈默。

　　閱讀後，詩中的情境和文字仍盤桓不已，一些震撼性的詩行如艾略特的「我應該是一對破舊的鉗齒，/在寂靜之海的地板上疾行」或洛夫的「棺材以虎虎的步伐踢翻滿街的燈火」更是縈繞心中揮之不去。

　　這樣的沈默有時持續兩三小時，有時甚至兩三個星期，書中的情景和意象有時使讀者陷入一種情緒而不能言語，有時使讀者陷入想像和聯想的活動，有時使讀者繼續在不同的時空游移。

　　隨後讀者的意識又慢慢回復自我。讀者這時和詩作保持一種若即若離的距離，一方面仍不能忘懷閱讀時沈默的感受，一方面又試圖用語言道出其中的沈默，這就是所謂的詮釋。

　　詮釋因此是基於有感受的閱讀，知性的分析來之於有所感的瞭解。

「瞭解」與「知道」的區別

　　文學上的「瞭解」(to understand) 和認知上的「知道」(to know) 不同，前者可能是朦朧中已經有所瞭解，有時是將已然的瞭解加以深化，後者是從未知中尋求知。

　　前者始於瞭解終於更深入的瞭解，是環性的；後者是以未知作為追求的起點，是線性的。

　　由瞭解而深深感受，再由深深感受而詮釋，和一個科學家在試驗室從無生命的化學元素藉著耐心和毅力做實驗，兩者極不相同。

　　某方面來說，念文學並不是純靠努力或毅力就有所得，因為我們可以憑著毅力去「知道」一件事實，但我們卻無法保證單憑努力或毅力就可以發揮敏銳與「洞識力」而「瞭解」纖細的文字世界。

念文學不是只去「知道」有關作者、作品或某種主義等既定事實，我們要去感覺或感受文字，而不只是追求知識。

詮釋是要表達閱讀時默默心弦的振動，不是為了分析而分析，為了詮釋而詮釋。

詩作的閱讀，更是如此。

創作的偶發因素

　　創作時，偶發狀況的介入可略分為兩種狀況，一種是作品內意象或文字的並置，另一種是意象或文字和作品外突發性的情景並置。

　　作品內偶發性的並置也是造成詩行發展次序的重要因素。事實上不論人生或文學作品，突發性狀況的介入不時啟發新的語意。

　　偶發性因素 (chance) 正是文學掙脫結構學駕馭最有力的利器。

　　作品本身有其次序或紋理，但這個紋理除其內在統籌的秩序外，有時還含蓋外在介入的偶發因素，而不是純粹放諸四海，歷盡歲月永不變的法則或結構。

閱讀中的偶發因素

　　閱讀時,偶發狀況的介入會默默改變文字的訊息。以製作的觀點來說,科學較能依循設計的意圖,而文學比較容易受到過程中偶發狀況的影響。

　　以創造的角度看來,不論文學或科學都會受過程中的偶發狀況所左右。這些偶發狀況無聲介入而影響全局,只是科學事後能理出頭緒,而文學則較難究明其理。

　　閱讀過程經常充滿意外與偶發狀況。偶發狀況使每一次閱讀都是獨一無二的閱讀。

　　美感經驗隨每次閱讀而變化,而作品一旦完成,其創造過程中的藝術性考慮即穩定不變,這再次說明閱讀時追溯創作意圖的謬誤。

　　正文(text)經閱讀才能成為成品(work),沈默的偶發狀況(未出現於文字)使每次閱讀都出現詮釋觀點的飄移。

詮釋與有感的閱讀

詮釋要基於有感的閱讀才有意義。

詮釋是基於閱讀中強烈的感受而將其感受再化成語言。

但閱讀一首詩要有感受,先要將作品視為一主體,而非客體。讀者不是分析一個沒有感覺的文本,而是聆聽作品中的聲音,和其中的意識融通互動。

閱讀因而不是個人孤獨地面對一個沒有生命的客體。在閱讀中,讀者時時感受到詩中有某種意識的存在,因此不感到孤獨。

梭羅(Henry David Thoreau)在華爾騰湖(Walden)享受離群索居的日子,而不感到孤獨,因為他在閱讀,閱讀自然,閱讀自我。

去除先入為主的觀念

　　一本詩集雖然尚未打開，書本就向讀者散發其中的意識，誘使讀者打開它，閱讀它。

　　一開始，作品的意識誘使讀者繼續讀下去，以誘使的動作而論，書中的意識是主體。另一方面，讀者有權不被引誘，他可以闔起書本，中斷閱讀，讀者的意願說明讀者是主體。

　　閱讀過程中，「主體」的定位一再的輪轉。

　　讀者以動作的主體進行閱讀，當他在文本中渾然忘我，幾近一種「出位之思」時，讀者的「我」會暫時去除先入為主（preconception）的觀念。

　　人之所以成長，在於能去除先入為主的觀念。

以詩作印證詩人的行徑？

詩長久以來就是經常被汙染的文體,雖然表象人們慣稱詩是文學的正宗。

以前一個「歷史文學家」是詩的主要讀者,但他們讀的不是詩,而是詩人。詩中的文字,只是用來證實詩人在某年某月攜同情人偷偷到此一遊。

以詩作印證詩人創作時的心情或是行徑,是一個似是而非的臆想。難道一個人的心情從早到晚分秒不變?難道寫詩時不可能有瞬間的跳脫?難道不會在下筆的剎那轉換成另一種角度來看待人生的悲喜,而以另一種視野來嘲諷生活的困境與僵局?

難道面對政客的口沫橫飛,心中不能閃現那條躺在血泊中的流浪狗?

註：過去當過幾次中文系碩士論文的口試委員,印象最深的是,他們論文的內容經常是「以詩作印證詩人創作時的行徑。」

馴服文本中的怪獸？

讀詩是讀者和詩文字的互動，既有的理論很難管轄。有些批評家套用理論來詮釋作品，是潛意識對詩存懷恐懼。有些批評家無法進入詩中的文字世界，因此想以理論加以框套，加以馴服。

美國著名詩人詩論家華倫（Robert Penn Warren）說，對於這些批評家來說，詩是一頭怪獸，批評家揮舞理論的刀劍欲置之於死地，以舒解看不懂詩的不安。

刀光劍影可以練就一套招式，但再好的招式都很難刺及詩的要害。如此的批評洶湧成風，詩在風中揚起髮絲，在一旁竊笑。

比喻使抽象具象化

　　理念抽象，比喻的運用，使抽象具象化。物象經由比喻，而產生關聯。但物象與比喻的對象其實是相異的個體。由於隱喻，讀者與觀者發現原來的相異潛藏相似。

　　「妳的口沫是即來的風雨」。雖然都是液體，口沫與風雨迥異，但經由「是」或是「像」的銜接，讀者感受到「妳」口沫的噴灑隱藏即來的風暴。人事的風暴預言自然的風暴。

　　比喻呈顯的可能是自然現象，也許宇宙中各種相異的個體裡，已經隱含各種相似。但在相異中發現相似，是一種創意行為。

　　若是客體原本不相干而經由比喻性的語言顯現相似，文學已是超越既有的現實。

如何享受一首詩？

　　面對有些意象的多重面向，讀者必須體會到詩中人如此的敘述語調，意謂意義的隱約幽微，有時甚至是正言若反，似左似右。但如此的「矛盾」，可能潛藏詩的魅力。

　　不能感受詩中人的敘述語調，事實上也暗示讀者無法感受到意象敘述裡纖細複雜的人生。

　　若能聽到詩行中的弦外之音；若能體會文字的正言若反，讀者才能真正享受一首詩。

比喻讓人有所驚覺

　　洛夫〈夜宿寒山寺〉的詩行:「我在寺鐘懶散的回聲中/上了床,懷中/抱著一塊石頭呼呼入睡/石頭裡藏有一把火/鼾聲中冒出燒烤的焦味」。

　　詩行中,詩人不可能抱著一塊石頭入睡,石頭暗喻沈重的心事。石頭裡面也不可能有一把火,火是心事炙烈燃燒的隱喻。

　　詩中人抱著石頭睡覺,意象突破常理的邏輯。但體會到石頭是心事的隱喻後,心事在體內燃燒,石頭中就有一把火;既然是火,「鼾聲中冒出燒烤的焦味」。因此,詩作突破常理的邏輯,卻展現了另一層逼真動人的邏輯。

　　比喻讓人體認到詩的創意,讓人對熟悉的生活情境,有所驚覺;而這種驚覺建立在相異中的相似,相似中的相異。畢竟,石頭隱喻心事,但並不是心事。

註：其實，洛夫最精彩的詩（也是後期的詩），是不必用比喻，就能展現更濃密的詩性。

從「寫我」到「寫他」

　　詩人的成長大都是從強烈的自我意識，轉進到成熟中適度的去除自我。從「寫我」到「寫他」是詩人成長的必經之路。一個只能寫「我」的詩人很難成為有深度的詩人。

　　從「寫我」到「寫他」，也讓詩作從情感的抒發轉向知性的內省，而這種知性其實隱含更動人的感情。

　　詩一旦從「自我」轉化成「他者」，較能以同理心看待他人的處境，雖然這個他者隱約有「我」的影子。

　　詩人對於「自我」的割捨，反而能保有一個較為完整的「我」。反之，若是自我意識在詩作中過度介入，卻足以將「我」抹除。

　　因為「寫他」，詩人很可能寫出詩的生命感，寫下詩與詩人的存有。

註一：動人的詩作呈現你我他共享的世界，不是一個「私人性」的小世界。詩是我們共同生活的天地，正如先前的詩話所述，報紙所登載的事，都是我們的事，只是用了別人的名字。

註二：有關詩的生命感，請參看下一則詩話的註二。

人生反映文學

　　美國著名詩人史蒂文斯（Wallace Stevens）說：並非文學反映人生，而是人生反映文學。

　　現實的事件經由詩人的思維而顯露真實感。若是人生反映詩的世界，現實陰暗的思考模式將曝光。若現實以詩為理想國，所有表象的掩飾將層層剝落，所有虛浮的象徵將自我解構。

　　現實的狂風捲起多少名字、臉孔和海市蜃樓。這不是詩的時代，卻是充滿詩的意象的時代。現實刻意麻醉人對死亡的感覺，但詩人會在詩作裡喚醒那種感覺。他們以為謊言能春風拂面，但我們的皮膚知道起雞皮疙瘩。

　　寫詩是詩人對人生的閱讀和詮釋，詩因此要有生命感。現實咄咄逼人，時光流轉，詩人有感於萬物在時間下的摧折，常陷於瞬間的空茫。寫詩是空茫感後

的無中生有,因此,詩人在茫然的視野裡看到存有的一絲亮光。

註一:史蒂文斯的意思是:文學可以呈現更真實更理想的狀態,因而人生模仿文學。
註二:有生命感的詩能引發讀者的沈思與共鳴。若詩作要有生命感,寫詩時不要概念思維,儘量用意象思維。概念是死的,意象則千變萬化。除外,尊重語言的沈默,不說明題旨,不玩弄技巧。

詩存在於「未來」完成的一瞬間

　　詩是語言在動態進展中的產物。詩是經由語言才完成，在未完成前，詩是未知、未定型的。詩只存在於「未來」完成的那一瞬間。

　　詩是「詩想」經由語言的「召喚」，和語言互動的結果。進一步說，詩的語言不是工具，而是思想。但這個思想，不是既定不變的思想，而是在語言中動態進展，是詩人與語言持續的互動中才延伸出來的思想。

　　假如詩有所謂理論、意識型態，這些都應該在詩創作的過程中才誕生，而不是事先以預定的理論及意識型態，來導引操弄文字，來「做詩」。

註一：有些讀者說，「自然生發」一定是好詩。所謂「自然」可能有三個面向。一者表象無意卻有意，但絕不刻意。二者，寫詩有心，但有意中看似無意，因而自然。三者，詩作要有詩質，否則「自然」的詩不一定是好詩。

註二：詩人與語言的互動，才有詩的文字。所以，「自然生發」也可能是兩者「自然」互動的結果。

原始動機在語言中延異

　　寫詩時,詩人的原始動機,在語言的事件中延異——在延續以及延誤中顯現差異。

　　這些差異卻是詩存在的理由。原先動機裡的思維,是散文的層次,在「延異」的過程中才產生詩。

　　語言事件之後完成的作品與語言事件之前傳輸的訊息,也造成「寫詩」與「做詩」的不同。前者是「寫詩」,後者是「做詩」。

　　以理論的運用來說,若是「寫詩」,理論似有似無;若是「做詩」,所謂的「詩作」,幾乎就是理論或是意識型態的傳聲筒。

註:詩創作的過程中,詩人所感受的現實、文化背景,以及原來所謂的「自我」,大體上會形成思考的落足點。

這個落足點就是寫詩的動機與切入角度。但這些原始動機,正如上述,經常在語言中延異。

詩是描述（describe），
不是開藥方（prescribe）

　　詩中語言的成敗即是詩作的成敗。當語言崩垮，只剩下一堆訊息，詩作已淪為一篇社會報導和控訴。

　　一首控訴「詩」能比一篇社會學的調查報告和分析更具說服力嗎？本質上，詩只能描述（describe），而不是開藥方（prescribe），更不是動手術。

　　當某些社會現象造成心靈的震撼，若是「詩人」傾瀉內心的控訴，事實上是將情感交諸情緒，所表現的是道地的「我」，雖然表面上是描述「他」。

　　將語言當作工具，也是把語言中性化，認為語言像茶杯，倒入100度的沸水，也不會叫痛。

詩・語言・社會

語言是詩人專注的對象。反諷的是,語言的關注時常被世人視為遠離現實。其實詩的語言,是現實的文本化,是補足既有的現實。詩學家華卓普(Rosemarie Waldrop)說:「當我說詩是對語言的探索,這並不意味詩從社會退縮,因為語言是社會共享的結構,而詩是社會的『他者』」。

這一段話導出兩種層次。一、語言是社會所共享,專注於語言也間接專注於社會。二、詩的語言是社會的「他者」,除了一般「共享的」語言,詩的語言會留下/產生語意的空隙。因為空隙的存在,語言與社會才有源源不絕的生命力。

註一：語言與社會的「同中有異、不即也不離」，以及「因為空隙的存在，語言與社會才有源源不絕的生命力」，是這則詩話的核心。

註二：話不說滿，自有空隙。不同的個人，不同的時空，都會留下空隙，關鍵是不要把語言概念化。

詩的意象思維

意象是物象結合想像的產物,在現實中難以複製,因而可能被認為虛幻不實、類似一種抽象說理。

但詩所要擺脫的就是抽象說理。一般人誤解詩抽象,殊不知一個數學方程式才抽象;九開平方為三。開平方難以視覺化,純屬抽象的邏輯理念。

詩避免以概念說理,它不是哲學的註腳,雖然一首詩可能極富於哲理。詩的哲理是詩人的意象思維。

註:意象也可能是物象直接的呈現,這時詩作訴諸的大都不是個別意象的想像,而是詩行或整首詩的戲劇性。請參看本書第四輯中〈為何現代詩白話並非散文化?〉裡洛夫的詩例。

詩的「有趣」在此

有些動人的詩作,在創作過程中,是透過細節彼此間的張力,時而相依,時而相抵,在「緊張的和諧」中邁進,走出一個方向。

布魯克斯(Cleanth Brooks)說:「詩必須帶我們跨越既有的信念,進入衍生的細節,通過這些細節才導出我們的信念」。推演出來的「信念」由於出入錯綜複雜的細節,讀者也體驗到詩情境中的酸甜苦辣、峰迴路轉。這樣的信念多重面向,有別於一開始就操控詩的細節與詩的走向的「信念」。

詩的「有趣」在此。

詩的生存空隙

在詩的天地裡,是意象與理念的分野,是意象與物象的釐清,是概念化的現實與詩語言中的現實的辯證。

在此,有兩點值得注意。

一方面,詩內在的文字或是意象不能單獨抽析出,而將其視為外在現實與理念的等同物。

另一方面,詩的文字不能將其概念化而喪失詩的生命,但是詩的生命又有現實的參照點。詩的生存空隙就是這兩種思維辯證交融的空間。

道德觀與美學觀

　　文學要有時代性,「反映」現實人生正是文人應有的道德承擔。十九世紀末二十世紀初,美國寫實主義的代言人浩威爾斯(William Dean Howells)說:「若是沒有真實處理人生,風格的幽雅、發明的才智、結構的機巧,只是多餘的累贅」。

　　寫實主義最大的貢獻是發揮同理心,讓文學關注的焦點從才子佳人轉移到社會的邊緣人物。但是浩威爾斯苦口婆心地告誡:寫實文學不僅要有道德觀(ethics),也要有美學觀(aesthetics)。不能進入美學殿堂的作品,不是文學的課題。「反映」人生的積極意義,不只是關照弱小的報導事件,還要讓書寫本身成為美學事件。

第二輯
詩話・詩學隨想

往事是很多人詩作的泉源。「過去」的顯現經常是一個凝聚的意象。若非長詩敘述，詩中往事的浮現，不是經由原始事件的順序，不是追溯一棵樹從種子發芽、生根、成長，到蔚然成蔭。它可能是一個樹幹的橫切面，從切面看出時光縱橫交錯的紋理。

　　回憶成詩的關鍵是意象，而非敘事。

　　詩人寫下一個殷實的「現在」，累積成豐富的「過去」。不僅是「過去」介入「現在」而完成詩作，抓住「現在」的某一瞬間，正是讓「未來」有一值得回味的「過去」。

　　因為注定成為「過去」，詩人以寫詩體現了當下存在的瞬間。

文字和物體不一定對應，正如英文的介系詞不是實物的投影。但介系詞雖然不對應實物，它仍牽連了物和物、人和人、或人和物的關係。「書的第一頁」中，「的」（of）不是實物，但因為它，「書」和「第一頁」得以「牽手」。

　　詩是文字的藝術，也是「有關」人生的藝術。

　　當「詩人」為了社會現象，而傾瀉內心的控訴時，他正在消解「詩人」的存有，所謂詩作已經不是詩。

　　這樣的詩人把語言當作工具，也把詩作當作工具，因此，他也在消解語言的存有。

詩的哲思和哲學的論述迥異；後者是抽象思維，前者是意象思維。海德格說：詩和思想近鄰。尼采說：要有芬芳的思想。當意象滲入思想，思想就有了芬芳。當思想滲入詩行，詩就有了哲學的厚度。

　　詩人所感悟的哲理絕對是來自於人生。但現實取材，若是詩缺少哲學的厚度，現實事件過後，詩只能在垃圾場裡滋養細菌。

　　現實事件如過眼雲烟，必須在人們心中迴響冥思，才能在另一個時空展延。詩將時間空間化，但若沒有哲學的省思，詩的生命只能拘囿於短暫的時空點。

任何有創意的詩都有前衛的意涵。所謂的前衛不在於外表可見的形式。

　　優秀詩人能以一般常見的形式展現讓人讚嘆的創意與想像力。想像力窒礙時，詩人才會做形式的戲耍。反諷的是，這樣的詩，常常讓一些只看表象的學者趨之若鶩，以為是前衛，以為是超凡的想像力。

　　詩人由於太關愛這個世界，所以無法寫歌功頌德的詩。

　　詩人在悲憫的語調裡展望一個歡笑的時代，但當那個時代一到來，他又讓世人注意到在紅綠燈之間徘徊的一條三腳狗。

詩作經常碰觸到現實的缺口,讓讀者看到:許多人在草原上高唱「把自由還給生命」後,讚嘆犛牛肉的美味。

　　詩不只是消極地揶揄現實,詩外表的嘲諷隱藏著更大的悲憫。因此悲調的詩不一定是悲觀的詩。詩人看透現實時並沒有得意的笑聲,而是墜入清冷的空茫。

　　一首對於人生有深沈體會的詩,即使題旨朦朧、語意隱約,沈靜敏銳的讀者大都能深入其境。讀者珍惜詩中意象的自然感,一面感受詩行中生命的躍動,一面在語言崢嶸的風景裡漫遊。

　　他/她能享受詩,因為他/她很清楚:讀詩不是找概念化的主題。

創作充滿喜悅和潛在的危機感。一首詩使自己從存有罔無的邊緣中拉住自我，但任何一位詩人寫完一首詩後，都沒把握何時才能再寫一首詩。

若是不能再寫詩，何以叫做詩人？因此，詩人寫詩，即使是寫「他」，也是在書寫自己的存有。

詩心，可能與生俱來。

一個四歲兒童從陽台走到室內，跟媽媽說他雙手捧的是陽光。另一個三歲兒童吃魚時說：「我們喝一點水讓魚在肚子裡游泳好不好？」

但這些富於詩心的語言可能在僵化的語文教育下被摧毀殆盡。

寫詩是對心中縈繞不去的臉孔或情景但又深覺束手無策的一種平衡。

所有的問題一陣喧騰後將再重演，主事者仍會胸前佩帶紅花在酒會中穿梭。但詩使那一段日子以書寫空間的形態，在時間的流動中留下一個標記，記下那個臉孔，記下那個瞬間。

只強調藝術性的詩人容易使詩變成文字技巧的遊戲；而一旦墜入遊戲，人生的大我已經萎縮成自我而不自覺。

反諷的是，表象玩弄遊戲，似乎充滿變化，但其實是自我意識強勢的引領，已經沒有空間容納真正不同的我。

寫詩之前，詩人的意識隨著人世的悲喜而浮沉，這時詩人是個社會人，但寫詩的瞬間，腦中的社會意識融解成文字而和藝術結合。

　　假如意識是文字的自我審視，那麼社會意識滲入的瞬間已是大我和小我的融合。

　　透過現實人生的書寫，詩人更能看清自我。一個在夢境裡遨遊的人經常在顧影自盼的凸鏡裡膨脹。

　　因為一直面對鏡子，從未想到真正的自我已經消失；因為面對現實，詩人體認到自我身分瀕臨喪失的危機感。

> 人文精神是詩存在的理由,也是現實應該「模仿」的對象。
>
> 若現實以詩質、同理心、生命感為理想國,所有表象的掩飾將層層剝落,所有虛浮的象徵將自我解構;我們面對的將是無數充滿生機的符號,指涉不時湧動的見解和創造力。

> 很多時候,寫詩是因為現實人生和意象的邂逅。
>
> 詩人在那一瞬間看到生命在例行重複的日子裡甦醒、在生命因循的軌轍裡歧異,而邁進另一個天地。
>
> 人在這一瞬間發現客體的凡中帶奇。

具有生命感與哲學厚度的詩，帶給讀者的，不僅是感動，而且還顫動，正如弓弦觸動聲響後餘音縈繞於腦際。顫動也是一種舞蹈，表現「智慧的狂喜」。

　　具有生命感與哲思的詩人，不以詩傾銷眼淚，不玩弄文字遊戲。

　　因為留下空隙給想像，詩得以保持自身的存有。沒有空隙，也沒有詩。空隙的密度牽連詩質的稠密度。

　　一首詩的空隙，似乎有潛在適度的密度。過少則詩質稀鬆，幾近散文；過多會造成填塞而有刻意「做詩」的痕跡。

詩是拿捏「說」與「不說」的藝術。

寫詩時,「景」可說,「情」不宜說。因為,情是用感受的,不是用說的。

若是不該說而說,所謂的詩,骨子裡已經變成散文。

清朝費錫璜說:詩主言情,文主言道;詩一言道,則落腐爛。說教使詩變成迂腐,但這並非意謂詩只能主情而不能含道。詩的道隱含於意象思維。

詩常在規範下「適度」地逸軌，使閱讀充滿了驚喜。但最大的驚喜，不是詩讓既有的體系全然瓦解，而是在體系的拉扯下，和體系做揶揄的對話。沒有既有的規範，詩反而難以顯現創意。這是詩和體系的辯證關係。

　　讀者閱讀好詩的瞬間，會訝異於其人生的沉潛深厚，而不會刻意去注意其技巧。一再以技巧引人注目的詩，反而暴顯內涵的貧血。最好的技巧是：詩質濃密，技巧卻似有似無。

　　刻意精緻化可能把詩簡化成文字的雕琢，刻意陌生化可能把詩變成文字遊戲。

書寫現實人生對詩人是極大的挑戰。關鍵在於觀照的美學距離。距離太遠，沒有感情；距離太近，趨於濫情。前者似乎對人生無動於衷，後者將使詩變成哀嘆或是吶喊。

　　適切的美學距離，是詩生命感的基礎。

　　詩從個相入手，以通相為依歸。純粹的通相若無個相，容易變成抽象說理；只有個相而無通相，詩很容易變成詩人情緒的自瀆。詩使情緒轉化成情感再轉進成智慧。

　　詩是感覺的智慧。

> 詩人處於特定時空的交集,他的生命有待詩去延伸。但詩的生命能延續多久,要看詩人對當代與過去歷史的反應。透過詩語言來表達這種反應的,我們叫做「現代詩」。

> 詩人對「我」的控制,反而使「我」在詩學裡彰顯。「我」經由藝術性處理後,詩所呈現的已不是私人的(personal)我,而是有人類共通性的個人(individual)。有些人要聞臭襪子才能寫詩,那是他「私人的」癖性,和詩學無關。

真實世界的詩人和一般人無異，他日升而起，日落而息。詩人也要蹲馬桶，做一些非常沒有「詩意」的事。但寫詩時，他以蹲馬桶的意象展現詩意；他以文字揶揄生活既定的步調。他是各種面目的「他」。

詩將外在的世界濃縮，而將一個短暫的片刻展延。文字將時間空間化，文字所占的空間是心靈時間留下來的標記。詩，正如電影的蒙太奇，都是時間空間化、空間時間化的藝術。

> 以「意象敘述」來說,意象傾向時間的空間化,敘述傾向空間的時間化。
>
> 正如電影的蒙太奇,詩重新整理時間的長短,重新組合不同的空間。詩剪輯時空裡的事件。詩文字精練稠密,更能展現剪輯所造成的震撼感。

> 藝術成就主要是檢驗作品重整現實的能力。現實中一個漫長的暑假,在文學中可能只留下一個句子;而閃現心中的一個意象,卻可引發幾頁的聯想。馬歇爾在《史萬之途》(Swann's Way)中,舉杯就口的瞬間就占了十八頁的篇幅。

詩的進展，不論由語意牽動語法，或由語法刺激語意。詩和常理邏輯彼此若即若離。若完全遵照常理邏輯，詩作可能被套上枷鎖而詩趣全失。但若完全背離常理邏輯，詩可能荒誕不經，淪為夢囈或文字遊戲。

　　詩在文字中創造出新的世界，現實既定的思維被打散，現實所要因循的模式在詩的語言中瓦解。

　　有生命感的詩預示現實世界的危機，因此一個思想僵化，以政治干預文學的社會，不是把詩人視為社會「進化」的祭品，就是刻意淡化詩的影響力。

有些詩人是偵測現實取向的風向儀，他掌握了大部分人品味的走向，他在詩中表現了和這些人酷似的風格與思維模式，而引起大眾的注目。

　　令人悲哀的是：台灣詩壇最能引起注目的，前幾年是文字遊戲的「詩」，玩偏旁、玩部首、玩注音、玩圖像等等。現在則是以扭曲造作的文字宣洩情緒──這是重新包裝過的文字遊戲。

　　意象敘述不是目的論的化身，也非常理邏輯的代言人。詩經常在跨越常理邏輯時，顯現人生的另一種真實。意象敘述有時會背離常理邏輯，但弔詭的是，好詩經常在擁有背離常理邏輯的自由時，顯現相當動人的邏輯性。

真摯的詩並不一定就是好詩。對於迷信寫詩只是一種技巧或是語言遊戲的人來說,「真摯性」可以引導書寫者進入真正的人文世界。

　　但真摯的感受本身並不等同於詩,它要建立在詩美學的基礎上,否則五〇、六〇年代因為現實環境的「恐共症」,而「真摯」吶喊的口號也可能被誤解為是詩。

　　意象的姿勢持有清明的骨架,正如龐德(Ezra Pound)說,意象要去除贅詞和裝飾語。

　　讀者看到透明的輪廓,但由於骨架透明,意義因而朦朧。它的姿勢無所為而為,人物的手臂懸在空中暗示什麼訊息?嘴巴半開半合要吐露什麼聲音?詩總「為什麼」存在,但這個「為什麼」是什麼?這時,讀者對人生的體驗要更敏銳、更有同理心。

詩學中，真正可貴的想像，是在邏輯之中，預料之外。詩的邏輯不是習以為常的邏輯，但完全背離常理邏輯，又讓詩脫離現實人生。詩在現實的虛實中穿梭，詩也在日常的邏輯裡拉扯。

　　語意的空隙最讓人讚嘆的是，跳出常理邏輯產生新鮮感的同時，又伸出一隻手向常理邏輯揮手致意。

　　美學在人間，不在虛空。

　　口語是人類溝通媒介的雛形，稍一不慎，就大量的流洩，如忘記關閉的水龍頭。口語經常以「量」取代「質」。

　　意象是書寫的特質，有別於口語。書寫具有沈默的本質，意象隱含細緻的思維，並非既有理念的媒介。

　　人和人之間的溝通，若是意識到對語言的尊重，就會力求口語的質地有如書寫。

詩不是現實的裝飾品，甚至也不是文化的表現。文化低俗，詩反而可能更深厚沉潛。現實喧囂，詩不以喧囂回應喧囂，詩讓語言迴盪著沈默。

詩人何其不幸生在這個非詩的時代，詩人也何其幸運生長在這個最能刺激寫詩的時代。

詩人體會到現實世界裡詩的可有可無，但在茫茫的視野裏看到詩存有的一絲亮光。

詩人對於一般的數字大都反應遲鈍，但對於時間的演算卻非常敏感。詩人回憶童年、緬懷舊情、追思臉孔、憑弔古物等占據文學史龐大的篇幅，總結詩人對時間的不甘心。

時間無堅不摧，詩人有限的生命轉眼化成風中的微塵。文字對於時間的抗拒似乎也終將幻滅。

寫詩是一場紙上風雲。紙上風雲是針對人生的有感而發，詩人或讀者就此心緒綿延；它也可能是一種嚴肅的嘲弄。

　　這個時代有人花三千斤竹筍的代價以博取和美女共餐的機會；農民以茫然的表情培養中間商得意的笑聲；廠商以廢水毒死魚蝦，以廢氣毒害我們的子女。

　　從現實中歸來，詩人以殘存的思緒，以另一種心情繼續寫下去。

　　流水和青山源起洪荒，是客體世界中各自獨立的景致，但當人看到青山「傍依」流水，或是詩人寫到「流水一面餵食青山／一面以撞擊的水花／清理舊帳」，青山和流水透過人的視野，在詩中展現新的面目。

　　所謂詩心的顯現，就是詩化的現實，就是客體世界在意識裡的重整。

若詩使自然蘊含人的思維，人會轉向以自然的客體看人生。人讓物有思想反而使人更富於人文精神。人砍殺森林使物為人使用，但若體會山水有情，草木含悲，人就會和物在同一個天地裡共養。

寫詩是展現這一層人和自然的融合。這當然超乎時間長河中所命定的樣式，人以這種新關係反制時間的陰影。

詩人面對時代的變動，處於後現代對自我的質疑時，應有如此的認知：意義的播散可能迥異於當時播下的種子；詩人的自我在不同的論述裡書寫。詩人的被認定，不是類似一張相片的五官深入人們的記憶，而是一張模糊的臉孔在語言的世界裡展現意識。

詩人對人生的感受不是藉由抽象理念傳達。他將一切的感悟濃縮成意象。

形象經由意識轉換成意象。意象是詩人透過語言對客體的詮釋，是詩人的思維。意象既然是思維，它牽涉到觀察的角度。意象的輪廓經由語調、敘述人稱呈顯。

意象思維讓詩不會散文化，讓詩行不只是交代過場。

創作有新鮮感的意象大概有兩種方式，一種是用他人少用的意象，但這些意象能呈現人的共同心靈。另一種是使用大家熟悉的意象，且把這些意象放在不熟悉的情境，而引起驚覺，這種驚覺是因為共通人性反應。舉個例子：「一條長滿濃瘡的街道」。

詩人在生活的空間上,蓋設生命的屋宇。詩人經由語言肯定存有。詩的語言從周遭粗俗的口語中掙脫,而在平地上展現空間存有的形式。

這不是所有肉眼都看得見,所有的手指都摸得到的房子。

當詩心敞開感動的深處,意象留下人生的刻痕。當語言和人生激盪交融,詩人絕不屑玩弄扭曲詩行的遊戲。在這個所謂女性主義的時代,並不是在詩行中尋找性器官才叫做女性詩。

五〇、六〇年代,詩社有些意識型態的投影,但若是一個「笠詩社」的詩人跳開意識型態後,可能發現自己和「創世紀詩社」的成員有一顆相似的詩心。

詩人由於感受敏銳且投入現實人生，經常導致心靈的創傷。書寫現實必然會品嚐到現實的苦澀，關懷「他者」卻自覺「自我」的無力感。

　　海德格在《存有與時間》（*Being and Time*）裡認為人的存有是無可奈何的「日日的存在」（everydayness）。但，當生存的意義在日日繁瑣的存在中變得模糊，詩人以意象思維的沈默確立了書寫的價值。

　　詩在邏輯的常軌下適度曲折變異，而又不脫序，以免變成精神病患的視覺。

　　想像基於現實，詩作仍可能有超現實的傾向，但如何和邏輯辯證，以求得一持衡點，正是詩成敗的關鍵。

現代詩不講求押韻 (rhyme)，但要有韻律 (rhythm)。

狹義言之，韻律是聲響的考慮。廣義言之，韻律涵蓋整首詩的措辭、詩行中意象的安插、詩節的進展，正如電影長短鏡頭的調整、遠景和近景的輪替，色彩光影的變化等等。

意象是個符徵，一個可能浮動的符徵，而非是有特定指涉的符旨。

意象不僅不是特定理念的化身，而是理念的切分與播散；不盡然是理念的崩塌，而是藉由理念的分解，擺脫可能預設的理念。

意象讓詩的題旨擺盪於「是」與「不是」之間。

　　意象讓詩跨越目的論的規範，甚至在正反兩極的意涵裡穿梭。詩行發出「是」的訊息時，卻蘊含自我的消解；在表象呈現全然的「不是」時，卻透露出意義隱約的幽光。

　　詩人意識到詩展現冷峻聰慧的面向的同時，也自我解嘲自己如蒼蠅對垃圾的貪婪。

　　意象敘述的焦點不是故事的情節。不是還原事件，而是事件沈澱心靈的印象；不是描述一棵樹從根、芽、樹幹、樹枝、樹葉形成的過程，而是樹幹橫切面所看到的年輪。橫切點是當下的瞬間，在瞬間看到過往時間留下的標記。

> 意象敘述的趣味，在於題旨的不確定性，因而隱含誤讀的陷阱。為了避免誤讀，有些詮釋把重點放在固定資料的展示，如作者的生平，創作的時代背景等等，這樣反而為自己挖掘了一個陷阱。因為如此的詮釋，所討論的不是詩，而是有關於詩。

> 意象敘述所展現的弔詭，其有趣與困難，在於目的性的隱約。在此，弔詭不是彰顯的標籤，讀者因而更需要細緻體驗詩中人的語調。人生的二元現象，在意象與敘述的糾葛中，顯得更纖細複雜。掌握詩的語調，必然要掌握詩中人的思緒。

意象敘述的弦外之音，是詩美學堂奧裡的瑰寶，語調的拿捏是開啟美學殿堂的鑰匙。所謂詩的「韻味」在於心弦震動後的餘響，在於聲音過後意義成形的輪廓。弦外之音使讀者在表象正面的含意裡，看到負面的潛在意涵，負面的陳述中，隱含淺淺的微笑。

詩有時透過飄忽的語氣展現語調。當下只存在於瞬間，不是必然的常態。眼前的美景是一種觀感，當下的優美，也並不保證餘生都是如此的繁華盛景。歷史蜿蜒過去，過去並不能保證未來。

敘述是線的展延,是時間點滴的接續。敘述讓讀者問下一秒鐘會發生什麼,意象讓讀者看到這一秒鐘呈現了什麼。敘述的意象化是時間之流中瞬間的空間化。意象是某個時間點瞬間開展的空間。

意象是敘述瞬間懸置的美感。敘述主要在於支撐情節,是抽象的邏輯。敘述的意象化則是使敘述的結構變成具有形狀的骨架,支撐這個骨架的是肌肉與脈搏。

意象使記憶復活。當一個風中搖擺的燈籠、一面雨中哭泣的國旗、一部在茶几上的摩托車等等，在記憶裡閃現，這個瞬間串接前後不同的瞬間而成敘述，原先的事件似乎在這個瞬間還原。意象閃現的瞬間，就是記憶復活的瞬間。

哲學是抽象的智慧。抽象概念經由意象化後，既保持原有哲思的縱深，又讓通相落實於個相。當作品富於深度，文學幾近哲學；當思維富於意象，哲學幾近文學。詩的意象思維正是文學與哲學的交會。

> 「妳的口沫是即來的風雨」。口沫與風雨迥然不同，但經由「是」或是「像」的銜接，口沫的噴灑將帶來人事的風暴，而人事的風暴預言自然的風暴。比喻呈顯的可能是自然現象，也許相異的個體裡，已經隱含某種相似。

> 比喻的主客體，位於蹺蹺板的兩頭，上上下下一直在尋求平衡。比喻的產生，只是暫時的穩定，這種穩定並不能掩飾兩者的不同。人之嬌豔如玫瑰，事實上，玫瑰除了嬌豔外，還有刺，可能傷人，而嬌豔的女子不一定會以刺傷人。

> 「你鹹鹹的笑容」,笑容怎麼會鹹?原來我們都在海邊。這是人和海空間性的接續或是並置。由於並置,相比鄰的個體、意象可能相互牽連,造成驚喜,促成轉喻。當然,破啼為笑的瞬間,笑容也是鹹的,與轉喻無關。

> 並置埋下因緣和合的種子。因緣相生促成轉喻,偶發性的因素決定了修辭與敘述的走向,因而富於解構的特質。並置也可視為抽象具象化的推手。因為與意象並置,抽象理念似乎有了輪廓,如「悲劇旁邊的一朵小花」。

> 培養自己的詩心與詩學有兩種不同的方式。一種是累積生活與閱讀的知識，另一種是暫時捨離既有的知識，讓自己以幾近全然的新鮮感面對詩與人生。
>
> 前者，知識可能是智慧。後者，知識可能是塵埃。

> 有些人寫詩刻意「陌生化」，詩作因此扭曲造作。所有玩弄文字遊戲的作品都是刻意的「陌生化」。反之，若是詩作一直沿用習慣性的意象如秋風、黃昏、落葉等等；一直重複那些思念、愁緒、哀傷等情緒用語，詩所欠缺的就是展現新鮮感的「陌生化」。

宗教感，可用英文的 conscientiousness 來表達，一種真誠感、投入感，因此，有同理心。有同理心的人必然更能感受詩中人的情境。

再者，我們不必把「修行」當作宗教的詞語，經常有同理心的人，一定對人生很敏感，對人生敏感的人，也一定會對語言敏感。因此他也比一般人更能深入詩的情境。

因為養成習慣，我們學會了英文。因為慣性反應，我們思想僵化。假如能讓思維不因循既有的軌跡，眼前的形象都可能變成豐富的意象。假如人能使每一刻都變成獨立的瞬間，每一瞬間都會佈滿驚奇與驚喜。

第三輯

詩話・詩史・後現代

不相稱的構圖

　　二十世紀八〇年代之後，意象的流動性促成動態的組合，傳統詩裡較少見甚至難以接受的不相稱意象在新時代裡刻畫出詩的側影。猶如貝克特（Samuel Beckett）在《等待果陀》和《終局》裡人物的對白，或是艾許伯瑞（John Ashbery）詩裡意象「突兀」的翻轉，台灣現代詩在周遭的人事裡，找到怪異而寫實的當代景象。

　　洪水過後，客廳的茶几上停歇著一部摩托車。一隻公雞飛上美國在台協會的屋頂觀看落日。油輪漏油，嚴重油污包圍寶島，但主其事的官員二十五天若無其事。這些「不相稱」的景象是台灣現實的構圖，在敏銳的詩人的詩作中化成意象。

註：除非特別說明，本輯所提及的年代都是指二十世紀的那個年代，如八〇年代意味二十世紀八〇年代。

個相與通相的界域

　　八〇年代以後,詩在展現創意以及延伸語意的可能性時,邊界一再延伸,但也一直無法畫下明確的界域。當然,這也是意象的流動性所造成的結果。

　　一方面,詩裡的敘述人稱可以在「你」、「我」、「他」,甚至是「我們」、「你們」裡流轉,語言對他者的投射經常促成對自我的反射。「自我反思」(self-reflexive)將各種人稱放在兩面平行對照的鏡子裡。一個表象個人性的詩句:「我在一切昏光裡／尋求一種飽嚐污垢的心跡」,實際上是生活空間裡所有的「我們」和「他們」。同樣,「我們彎蹩的行腳／在這地理名詞的傳送履帶上滑倒」裡的「我們」可能是個人經驗的觸發。詩的個相和通相已經沒有明顯的疆界。事實上,詩真正的意義就在於,所有的個相經常指向通相,所有的通相經常有個相支撐。

意象的流動性

　　由於「意象的並置」，八〇年代以後許多值得注意的現代詩，詩行的起承轉合充滿了流動性。

　　「流動」暗藏兩種層面，一是它富於變化，從既有的結構中衍生出枝節而重新定義所謂的結構。二是它有如水的流動與滑溜，展現了瞬間的韻律起伏、瞬間的組合與翻轉。也就是這樣的流動性與滑溜性，造就了八〇年代之後的後現代雙重視野，秩序在解構與建構中成長。

意象與意涵的浮動

八〇年代之後的現代詩,意象和意涵的對應不時會成為一種浮動狀態,甚至是一種反轉。意象從固定象徵的環鍊中解脫,而產生更大的流動性和顛覆性。

唐捐的詩行:「在生活與倫理的課堂上。偷吃便當」(《意氣草》:〈生活與倫理與便當〉)。吃便當的動作和應有的上課倫理正好相反,而反諷的是,所上的課正是生活與倫理。但細究之,這是一個傷感的逆轉,語言的弦外之音是否意味:倫理課枯燥無味,老師照本宣科,傳授所謂的倫理時,已背離教學的倫理?

橫軸與縱軸的牽引

李歐塔 (Jean-Francois Lyotard) 說：「藝術家和作家，以沒有法則來規劃將要完成的法則」。

當代詩創作似乎在沒有既定法則的約束下，展現創造力，但被懸置的本質在被遺忘的過程中總在非意識的狀態下和意識拉扯。

潛藏但深深滲透詩人意識的本質是一種詩的矜持，雖然也許詩人平常並沒有意識到它的存在。

縱軸所顯現的意義，就是詩的矜持，來自於歷史和不同時空，而變成心靈的基礎。

沒有橫軸所顯現的當代時間，不能成為艾略特所謂的傳統詩人，但是沒有縱軸，傳統和歷史感更失去落足的基石。所有詩人的自我矜持都變成他歷史感的一部份。

所謂的當代性是以縱軸牽引橫軸來銘記詩人的存有。

「不甚在意」的詩中人

在某些詩作裡,有時讀者面對的是一個「不甚在意」的詩中人,意象的觀照、文字的進行似乎有意又無意,有點慵懶,但又不是不正經。

白晝跟隨陰影,並非全然有意,悉索的腳步也不是刻意喚起聽覺。但如此的不經心,卻是人類原始的父母看到果實膨脹後所興起的慾念。

更妙的是,我們看到類似的詩行:「墮落以後/我們可以討論天真與文學」。天真的敘述來自於天真的喪失。文學來自於情感以及慾念所造成的所謂「墮落」。

詩呈現一種無奈與無厘頭之真,而這種真,不是出自於嚴肅的詩說,也非皺著眉頭的聖哲,而是一個語調似乎漫不經心的詩中人。

發現一節蠟燭固然心喜,但不必然是情火的復燃或是生活光明的保證。懷念讓思緒有所棲息,但不必然是與被懷念對象再續前緣。表象似乎不是很「有」情,但卻不是「無」情。

「他者」的世界，有時我不能干預，有時我不忍缺席

　　詩美學應該落實於詩語言的情境。語言以物象的觀照為基礎。所謂物象，涵蓋自然的存在物以及「人生的事象」。

　　人受到周遭的「人、物」所包容，梅洛龐第說：「我觀照的領域經常充斥著色彩的嬉戲、聲音，以及即將逃逝的觸感」（Merleau-Ponty, *Phenomenology of Perception*）。感官敏銳，是因為要感知「他者」。所謂他者，是他，可能是牠，也可能是它。我的觀照構成他的一部份，我在他的存在中看到自己的身影。哲學家如此，詩人的意識更是在接納各種感覺中湧動。人和自然律動，自然的真實涵蓄了人的跡痕。人和人互動，「他者」的世界，有時我不能干預，有時我不忍缺席。

「愉悅」與「崇高」

　　十八世紀的康德（Kant）曾經區分藝術的「愉悅」與「崇高」（Sublime）。當表達客體的能力能夠與感知能力相應和；當主（創作者）和客（閱讀者）雖沒有約定的規則但彼此心照不宣加以認同時，這樣的藝術品能傳達「愉悅」。

　　「崇高」則相反。當表達能力不能應和感知能力，當我們感知到世界的理念，但我們找不到任何的範例來表達，當我們感知到力量的無限，但我們找不到任何的客體將其視覺化，這時我們就有了「崇高」感。

　　所以「崇高」基於一種缺無──一種心靈視野無法外在呈現的匱缺。「崇高」不是道德的口號，而是面對人生的繁複糾結但又難於言說的莊嚴感。

詩選的流行框架

　　整體說來，五〇、六〇年代已經存在一些現實觀照的詩，無論在詩的美學成就上，以及詩的產量上，除了少數例外，大都流於散文化的敘述與感嘆，因而在文學史上，幾乎全然被「超現實主義」遮掩。

　　七〇年代的詩作雖然是散文或是感嘆語法的延續，但是由於本土詩人的大量創作，且配合各種文學論戰來勢洶洶，有關「現實」的詩作完全翻轉，變成文學史聚焦的主流。可見美學的發展，若是以各個時代的「主義」或是「意識型態」做為主體，將是一個非常「失焦」的論述。在有限的焦點裡，許多好詩因為不去呼應流行的理論或是意識型態，大都在篩選的框架外流失。

空隙的填補

　　八〇年代之後的詩作，詩行和意象之間留下想像的空隙。以王添源的詩行為例：「喧騰完畢的電話擱淺在複雜/，凌亂的桌上，兀自沈默」（《如果愛情像口香糖》：〈面壁十四行〉）。詩行以景喻情，讀者「看見」的是電話，「看穿」的是人與人之間的牽連。喧騰和沈默的是人事的寫照；喧騰可能是爭吵，而爭吵之後，是悵然若失的沈默。「擱淺」也有弦外之音，敏銳的讀者看到也聽到電話兩頭兩人關係的停滯擱淺，心情「複雜、凌亂」。文字留下的空隙，需要人生的感受才能填補。

　　空隙的美學在於，讀者在有形的文字之外，看到空白處的餘音蕩漾。空隙使詩有別於散文。

「知性」？「感性」？

　　五〇、六〇年代「知性」和「感性」在詩壇上經常旗幟分明，詩作被生硬地分成兩個敵對的理念；如此的認知對後代詩人及詩論負面的影響甚鉅。在二元對立的視角下，「知性詩」意味沒有感情；「感性詩」意味缺乏理性。再者，重「感」的，可能濫情如做少女夢，重「知」的，可能冷漠如冰，耍弄文字技巧。

　　但「知」「感」絕不二元對立；「知性詩」、「感性詩」都是詞語的迷思。一首引人深省的所謂「知性詩」，一定是一首隱含深厚感情的詩。

「語言擁有我們，
而非我們擁有語言」

　　詩經由語言重整現實。語言不全然是思想的工具；語言在承載思想的過程中，本身已經是思想。

　　以人生作為哲學思維對象的現象學哲學家如海德格（Heidegger）和梅洛龐帝（Merleau-Ponty）等，都是把語言視為生命和思想的等同物。海德格說語言是一種存有（*Being and Time*）。梅洛龐帝說：語言一直在喚醒我們，使我們以口、肢體、意識相互交融而發出言語，是「語言擁有我們，而非我們擁有語言」（*The Visible and the Invisible*）。

七〇年代的兩種現實

　　七〇年代有關現實的詩作分成兩個迥異的大方向。一個是「近看此地」的現實,另一個是「遠眺那邊」的現實。前者主要是本土作家,後者是大陸來台的詩人。兩種詩作的並列討論並不是有意造成族群或是意識型態的對立,而是在這樣的對比張力下,我們可以深入詩人心中所「關心」、「所在意」的基本差異。

　　對於前者,面對生活空間的苦難,美學可能是奢侈的用語;對於後者,詩作的吶喊讓語言工具化也讓人對詩的存有產生問號。前者是腳踏實地的現實,後者是「以望鄉作為現實」。在前者的眼光中,後者是遠離現實;在後者的眼光中,前者的所謂詩已經不是詩。

巧喻（conceit）與現實

　　美國著名詩人、詩論家藍笙（John Crowe Ransom）在二十世紀三〇年代的〈詩的本體論〉（"Poetry: A Note in Ontology"）曾經說過，詩人善用巧喻（conceit），但是否產生神奇的效果，關鍵在於逼真。單憑這一句話，就可以瞭解一些批評家輕率的立論：「『新批評』只是文本內在的研究，沒有外在現實世界的牽繫」，是典型的不看原典，而只是以訛傳訛的論斷。

　　事實上，不論是當時的泰德（Allen Tate）所提出的字質的張力，布魯克斯（Cleanth Brooks）所強調的「弔詭」（也就是葉維廉所說的「既謬且真的情境」），或是他們所共同強調的詩內在的戲劇化，都是以人生當參考點。字質間的張力不只是字與字之間的內在關係而已，而是文字裡穿透的人生所引起的緊密感。「弔詭」既然「既謬且真」，當然是人生的投影。

歧義是美德？

當代文學是歧義的時代。但同樣是歧義，詩的美學有造作的歧義與自然的歧義之別。有意的做詩可以造就聳人聽聞的歧義，而吸引某些批評家關愛的眼神。自然的歧義則是在符徵浮動中顯現詩想像的活潑性，而沒有造作的痕跡。進一步省思如下：

一、歧義可能是一種美德。當符徵從象徵和符旨固定的意義中釋放，文學是探索意義的可能性，不是統編意義，而是產生歧義。意義最有意義的是刺激另一個意義的產生。符徵的流動性促成這種可能。

二、但，一旦「歧義」合法化，很多詩人可能躲在歧義裡製造歧義。躲在歧義裡，詩人可以遮掩想像力的不足。他可能玩文字遊戲，甚至以遊戲宣稱：所謂詩就是營造文字的迷宮。他更可以在任意的遊戲中，宣稱詩全然沒有意義。

「文意」與「意義」

有些批評家把解構學「讀死」之後說：文本沒有意義。

事實上，文本沒有意義的論說，可能來自於 meaning 與 significance 的混淆。在某些情境中，若是將 meaning 翻譯成「文意」或是「語意」，立刻就能呈顯它所專注的是文本的意涵；而意義則是指閱讀行為給讀者帶來的感受與影響。

以哲（Wolfgang Iser）在他的《閱讀行為》（*The Act of Reading*）裡說，要進一步體認閱讀美學，需要對「文意」與「意義」的釐清：「文意是指涉的全體，蘊含於文本的暗示，必須經由閱讀而得以聚合。意義是讀者將文意吸收後，融入自己的存在」。如此的認知，一個即使完全看不出「文意」的詩作，讀者也可能在閱讀中感受到一種奇異的特殊經驗，而覺得有「意義」。

所謂「超凡的想像力」

　　詩是最富於想像力的文類，其文字和常理有別，物象新鮮組合成為意象，意象猶如舞蹈踰越行走的步幅，這些都是想像力的展現。想像力盡可能延伸而不至於崩解的臨界點的選擇，是對詩人最有力的檢驗。若是詩行離臨界點甚遠，文字用於議論言說，可能是想像力不足。但跨越臨界點也可能是想像力的崩解，是以所謂「超凡」的想像力掩飾想像力的不足。

　　當然，這個臨界點可能是浮動的。它是隱約的虛點，且因人而異，但是總以似有似無的人生作為參酌的指標。詩不是人生的複製，但經得起檢驗的詩絕非全然以「超現實」來揚棄人生。兩者之間有辯證的拉扯，有虛虛實實的映照與應照。假如不考慮人生，純然玩弄想像的遊戲，詩是非常好寫的文類。

隱喻與意象的牽連

我們傾向將隱喻仰望成想像神秘的化身。但美國詩人麥克理希（Archibald MacLeish）說：「讓隱喻顯現力度的，並非像一些詩人所暗示的，是其中潛藏的神秘功效。真正讓隱喻展現力道的是意象的牽連，在牽連中構築隱喻。」

換句話說，以聯想促成意象的牽連，帶出隱喻，而非以「製造出來」的隱喻去強制意象的牽連。這是隱喻是否自然的關鍵。反諷的是，不自然的隱喻經常被一些批評家尊崇為超凡的想像。

比喻與並置

假如隱喻是自有文學以來就有的思維,八〇年代之後有些詩人更將有關現實的思維隱去這一層牽連的痕跡。詩人將一些原來不可能相容的意象並置撞擊,而產生隱約的意義。

前行代的詩人非馬有這樣的詩行:「此去不遠的街頭/娼館在左/圖書館在右/都是修心養性的好所在」(《沒有非結不可的果》:〈娼館〉)。整個詩節的反諷在於,娼館和圖書館的並置,一個是形而上的精神領域,一個是肉體交易的場所,透過意象的比鄰,顯現潛在的共通性,「都是修心養性的好所在」。「修心養性」表面上是精神向度,但也暗藏肉體的層面,因為「養性」在這裡一語雙關。

Word 與 world 的結合

　　詩的創作正如李查‧哈維（Richard Harvey）所說的：「文本的隱喻邀請我們審視語言的限制，因為人是既定語言結構的行為者，也是行使文化與話語的動力。」

　　隱喻有時不遵循常理邏輯，但依循常理邏輯書寫具有想像力的詩行，更難能可貴。如此的書寫，讓隱喻展現的創造力與文化的動力相結合，而豐富了人生的意涵。也就是在這樣的辯證基礎下，「文字（word）與世界（world）才會進步」。

從空隙中閱讀到自我

　　詩學家華卓普（Rosemarie Waldrop）說：讀者在閱讀中，體會到「詩不只是要表達經常的思考，而是要表達從未如此表達的一切」。更重要的是：讀者藉由縫隙的填補、意義的完成，而看到自己思維與想像力。這是對自我的驚覺，也是以哲（Wolfgang Iser）所說的：藉由文本的閱讀，讀者閱讀到真正的自己。詩藝提供給讀者的閱讀美學是，一方面讀者可以從所謂「表達從未如此表達」的詩境中感受詩的趣味；另一方面，讀者在文本的映照下看到自己被遮掩的本真。

　　假如詩的藝術展現可以解釋成廣義的美學，詩美學的成就也在於充實讀者的閱讀美學。不論空隙或是縫隙，都是詩美學依存的空間。以空隙反觀結構，空隙是詩的主要結構。書寫空隙是詩人的存在結構。因此，詩人在詩行裡寫下空隙。

讓「風箏」浮動

　　美國著名詩人艾許伯瑞（John Ashbery）的詩，以流動性的意象擴展詩的版圖。學者波勒夫（Perloff）說，艾許伯瑞的意象「有如生活現象」。以「生活現象」比喻意象的流動性意味人生的情境不時在游移。人和人短暫相處，人和物以及空間的機緣，隨時隨地都在分合聚散中變易。

　　在這樣的思維下，詩人寫詩不是操控意象，而是賦予意象某種「自由」。正如波勒夫所述，「艾許伯瑞暗示，詩人必須放掉繩子，不能全部放掉，至少也要放鬆些，讓他發明的『風箏』有機會自由浮動。」艾許伯瑞「後現代」的「風箏」和新批評時代布魯克斯「風箏」以及「風箏尾巴」的比喻大異其趣。後者強調兩種相反力的拉扯產生詩的張力，前者則說明詩的生命力在於意象放鬆浮動的狀態。

符號與象徵

　　符號有別於象徵,後者所蘊含的意義較固定,而前者是處於浮動狀態。假如以符旨用來描述被指涉的意義,象徵有穩當的符旨,而符號的符旨卻經常飄移。因此,若是要與象徵有所區隔,符號的重點應該從符旨轉移至符徵。現、當代文學所展現的不是意象或是敘述意何所指,而是意象及敘述如何產生。產生的過程在於符徵的發現與營造。

　　換句話說,文學的趣味不只是挖掘作者所掩埋的意涵,而是發現符徵閃現的五彩繽紛。美學的「效果」有時甚至比解析文本的「含意」更值得關注。由於符徵佈滿峰谷,詮釋是動態之旅。以旅程作比喻,閱讀美學強調的是旅行的過程,而非只是尋求符旨的終點。

「這個句子做了什麼？」

美國學界中結合現象學與後現代思維的費希（Stanley E. Fish）認為：閱讀不是追問「這個句子是什麼意思？」（What does the sentence mean?），而是「這個句子做了什麼？」（What does the sentence do?）。前者強調的是文本的意涵，閱讀專注的是靜態的文句；而後者強調的是文本如何引發讀者心靈的動態之旅。

因此，閱讀的重點不只是追索文字的「意涵」，而是去感受體會這些文字給自己帶來什麼「意義」。

技巧與生命的躍動感

　　希克洛夫斯基（Viktor Shklovsky）的〈以藝術作為技巧〉（"Art as Technique"）的立論基礎，主要是打破人們「習慣性」的認知：物象習以為常，意象慣性出現，觀點習慣性的自動反應。我們被習慣吞噬，因此我們視而不見。他說：「客體在我們前面，我們知道他們的存在，但我們沒有真正看到他們」。要能真正體驗到客體的存在，要讓客體「陌生」呈現，讓觀者有初次看見的新奇感與躍動感。

　　他說：藝術的存在是能讓人恢復生命的躍動感；藝術能讓人感受到東西，能讓石頭透露出石頭性。藝術的目的是，當事務被觀照時，能注入事務的躍動感，而不是被知道而已。技巧是讓客體「不熟悉」，以增加觀照的困難度。藝術實際是對客體藝術性的體驗，客體因此能展現「新鮮感」而更吸引人。

所謂「陌生化」

　　希克洛夫斯基（Viktor Shklovsky）說：為了讓觀者或是讀者能有「生命的躍動感」，作品要將描寫的對象「陌生化」，以免墜入習以為常的認知。因此，所謂「陌生化」事實上就是「新鮮感」，任何有創意的詩作無不如此。

　　但是不少批評家將台灣現代詩（尤其是後現代詩）「陌生化」簡化成為：詩要刻意強調「扭曲」以及「怪異」才能展現「陌生」，因此把那些文字遊戲的詩作視為超凡的想像力。如此的認知，反而是將「陌生化」套入理論化的框架。框架使某一種詩想變成僵硬明顯的信條；框架使詩以及詩的詮釋失去「躍動感」。這些批評家以為極端的「陌生」才是創意，殊不知真正有創意的詩人，使「陌生」在似有似無之間，使詩在平凡中顯現不平凡。

一般有詩史傾向的書寫

一般有撰寫詩史傾向的著作,大都以詩社的形成與流變、思潮的湧動,配合時代的興衰為主。如此的撰述,可能產生兩種現象:

一、將「語言」事件簡化成現實事件。以詩例印證時代走向,將詩作視為時代的註腳。如此的研究已經把文學視為是襯托歷史學、社會學的案例。

二、以思潮的脈絡追尋詩風的演變,因此刻意凸顯所謂的「前衛」。但所謂的「前衛」,是國外「前衛」理論之後的尾緒,已經不是真的「前衛」。詩的詮釋經常套入理論的框架為了追隨「前衛」,套用的結果,也間接鼓動了文字遊戲的詩風。

很高興近兩年聯經出版的兩本詩史,都沒有上述兩種現象。

第四輯

詩話・詩學問答

為何文本細讀是美學的基礎？

要深刻體會一首詩，讀者必須「精讀細品」其中的文字與意象。

但，當有些批評家說「精讀細品」是套用二十世紀三十年代「新批評」的策略時，我們只有擲筆長嘆。若是閱讀的「精神」與閱讀的「策略」都無法區別時，批評家所展現的台灣現代詩將是什麼面貌？

「精讀細品」是所有閱讀的基本「精神」，而非某種理論的閱讀「策略」。批評家是否知道：指出「文本會自我消解」的解構學，最仰賴「精讀細品」，因為若是沒有能力在「結構」裡細品出語意的縫隙，就沒辦法細緻地「解構」。德希達的解構學能影響到整個時代的思潮，除了他本身的哲學素養外，主要是他在既有文本裡的「精讀細品」的說服力。保羅・德曼（Paul de Man）、費希（Stanley Fish）也如是。

沒錯，精讀細品（close reading）是美國二十世紀三十年代「新批評」學派的閱讀精神。「新批評」著重文本的內在研究，讀者不做作者的身份調查，也不做作品的背景分析。文學因此不是社會學、歷史學的附庸，而成為名符其實的獨立學科。由於細讀文本，讀者才真正享受文學，學者的研究才能聚焦於文學，而非「有關於」文學。

　　但八〇年代之後台灣詩壇出現了極怪異的現象，面對解構學與後現代主義，有些人刻意貶抑文本細讀。

　　其實，解構學與後現代更需要文本細讀。正如上述，因為細讀，解構才能看到結構的縫隙，因為細讀，才能體會文本沒有確定穩定的意義，但並非沒有意義；因為細讀，才能感受到後現代的雙重視野或是多重視野，才不會把具有美學深度的後現代等同於形而下的文字遊戲。

　　總之，「精讀細品」是美學的基礎。它使文學研究跨越了傳統詩話的「印象式批評」。它使文學成為獨立的學科，展現文學細緻深邃的美學天地。它讓讀

者在有些文本中看到結構與解構是一體的兩面,而非必然的對立。它讓後現代展現意義的多重面向與思維的縱深,而非表象形式的戲耍。

如何區分意象的「發明」與「發現」？

　　創作中，詩的意象有時是「發明」，有時是「發現」。所謂「發明」是基於「無中生有」，而「發現」則基於「眾人應見卻未見的有」。這是權宜性、相對性的區隔，並非絕對性的對立。如此區隔概略說明了意象不同的緣起。大體上，隱喻來自於「發明」，著重的是「心眼」而不是「肉眼」。轉喻則來自「發現」，詩人需要敏銳的「肉眼」，以「肉眼」之所見再引發「心眼」的想像。[1] 當然隱喻與轉喻並非二元對立，在兩者的交融狀態中，「心眼」與「肉眼」同時打開，「發明」與「發現」同步進行。

---

[1] 有關「發現」與「發明」，請參閱簡政珍，《台灣現代詩美學》，台北市：書林出版公司，2022年，頁138-142。

「發明」之所以「無中生有」，有兩種狀況。一、意象的產生，不是來自於現場的物象。二、意象與人事或自然界中的景象不一定有對應關係。抽象概念與物象的牽連，不一定因為彼此「像」，而是意象的發明者──寫詩人──主體意識的運作。「自由像風箏」的意象，並非自由有一個外表像風箏，也非自由的屬性類似風箏的屬性。如此的意象是寫詩人想像風箏在空中自由遨翔的樣貌。由於不一定有「相像」或是「相似」的基礎，意象的產出是基於寫詩人的主觀意識。

　　相較於隱喻可以「無中生有」，轉喻大都基於現實中的「有」，由物象的「有」產生意象。假如「無中生有」是一種發明，那麼轉喻則來自於發現。由於來自於現實的有，以轉喻為基礎的意象自然展現了與現實人生的牽繫。如此的詩作不像風箏在空中遨遊，而是漫步人間，看到人生各種動人的場景，各種引人遐思的情境；出入巷弄，因為那裡有一個嗷嗷待哺的棄嬰，行走街頭，因為美國在台協會的屋頂上有一隻大鳴大放的火雞。

「發現」如何展現創意？

　　轉喻與隱喻多少有點像當年電影新寫實主義與形式主義的辯證。「新寫實」以影像「發現」被人忽視的人生；以「形式」為著眼點的電影，則在銀幕的框架裡「創造」映象的趣味。前者，抓住人與人之間微小的心靈波動，在極其自然的情景中，散發美學與人性的光芒。「發現」因而是一種積極的「創造」，而這個「創造」以人世間的可能性為基礎。

　　事實上，電影由於映象和真實人生極為貼近，「寫實」本身就有相當的說服力，以「發現」所構築的影像因而也比較沒有人工刻意雕鑿的痕跡。反諷的是，由於處理自然，「發現」的成分大於「發明」，因而也經常被一些以理論掛帥的批評家忽視其中的創意。在電影的攝製上，鏡頭蓄意的搖擺、光影色彩有意的反差對比、敘事結構刻意的拼貼組合等，都比較能引起那些以作品印證理論的批評家的注意。

「發現」的創意可能有兩個面向。一者，看到一般人視而不見卻動人的事物或現象。二者，創意來自於心靈對不同「看見」的組合，且這些「看見」都來自於現實人間，如「她的眼神傳遞的盡是流言」。在他人的心目中，「她的眼神」是肉體的「看見」，流言暗示謊言或是風涼話，是心裡的「看見」。如此的「發現」已是很大的「發明」。

　　不論詩作或是電影，動人的「發現」比天馬行空、不以現實為立足點的「發明」要困難多了。也許，我們應該體認：讓人心動且技巧似有似無，才是最好的技巧。

為何現代詩的白話並非散文化？

現代詩以白話寫成，但白話不等於散文化，以洛夫的一首短詩為例：

一位剛化過妝的女人站在門口

維持一種笑

有著新刷油漆的氣味

另一位蹲在小攤旁

一面呼呼喝著蚵仔湯

一面伸手褲襠內

抓癢

（《月光房子》：〈華西街某巷〉）

詩以道地的白話寫成，但是字裡行間充滿語言的餘韻，有別於散文化的書寫。所謂餘韻是人生的感受

與經驗的尾音,也是詩質與詩性的所在。從「油漆味」和「褲襠內抓癢」,讀者由一個生活的橫切面看到風塵女子的日常。女子為了接客,臉孔「粉刷」如油漆;為了招攬客人,必須維持特定的笑容。蹲在小攤旁呼呼喝著蚵仔湯是另一女子的風姿。喝蚵仔湯似乎跟情慾有關;褲襠內抓癢可能已經感染了難於開口的疾病。看到詩行中的「一種笑」、「蹲在」、「抓癢」等等,有感覺的讀者可能都很想笑,但笑不出來,只能發出苦澀的笑聲。

註一:散文化是指詩行把詩隱含的感情、題旨都明白地跟讀者說明。白話文不是散文化必然的結果,押韻的文言文也可能散文化。

註二:華西街是以前台北市公娼的所在地,現在已經廢除。

註三:以白話描述的小動作是本詩詩趣的重點;因此,意象的「發現」有時比隱喻的「發明」更動人、更有創意。

詩與散文的主要區別在哪裡？

　　詩和散文最大的差異，不在於文字的華麗精鍊，而是在於文字中「空隙」的有無、空隙的多寡。所謂空隙是詩作觸動讀者想像回味的空間。一般散文大都語意明白，很少留下空隙。但是刻意製造空隙，詩作將顯得造作，類似文字遊戲。

　　一般散文詩詩質不是很濃密，但散文詩並不等於詩的散文化。

　　散文詩可能留有空隙；而詩的散文化，意謂文字傾向「說明」、「交代過場」，缺乏空隙。

　　現代詩是白話文。白話文不能當作詩散文化的藉口，因為這百年中，我們已經有了無數詩質濃密的現代詩。

　　詩是否散文化，不能單獨抽出其中一兩行詩行就加以論斷；因為這一兩行可能與前後文對應或對比的

過程中展現詩意。有些詩個別詩行看來像平白的散文，但其詩意建立於整首詩的戲劇性；看完整首詩後，讀者感受到迴峰路轉的興味或反諷，這時仍是首成功的詩，而不是散文。

　　詩人因為散文無以表達心中的沈默，故寫詩。

　　因為空隙，詩得以保持沈默。

註一：有些散文文字迷人，富於韻致，重點不是激發想像，而是讓讀者享受閱讀的過程。有些散文激發讀者的哲思，開展智慧，如愛默生的散文。這些都是散文文類的極致。本文在討論詩與散文的區別時，不是以這樣的散文作為對比的對象。

註二：進一步說明「散文詩」與「詩的散文化」：
「散文詩」是以散文的形式寫的詩，它仍然是「詩」。
「詩的散文化」是以詩的形式寫的「散文」，因為它沒有讓讀者想像回味的空隙。

是否能以理論的準則看詩?

　　適度的引用理論可以讓讀者看到詩中的「霧中風景」,但若是理論化的論述將技巧從生命的觸動中抽離,而將其視為制約化的準則,則是批評詮釋的災難。因為,越明顯的技巧可能越能被一些批評家背書。

　　台灣後現代詩的信條被「規則化」,詩人寫詩、批評家詮釋詩以「對號入座」的方式寫文學史,肇因於此。海德格在《存有與時間》(*Being and Time*)裡指出:「以理論化的眼光看世界,我們已經將其模糊成為純然現存的制式樣貌,雖然這種制式樣貌無疑能將客體經由特性顯現而涵蓋很多新的東西」。所謂「很多新的東西」是制式化整理出來的條文,但是我們必須償付的代價是:這個世界已經模糊,已經沒有明晰的輪廓。我們對詩經常視而不見,正如我們看待這個世界,因為我們只看到理論。

　　以理論看詩,批評家也無法感受到詩潛在的躍動

感。所幸,大部分這一類的批評家的焦點是那些技巧明顯的詩作,對於動人而外表無奇的詩作沒有感覺可能是一種福祉,否則詮釋一首詩,可能就是謀殺一首詩,因為,很多時候,理論的套用很少能真正看到人生。

海德格告誡:「詮釋根本上不應該是理論的陳述,而是一種周延的關懷行動(action of circumspective concern)」。換句話說,假如詩作沒有顯現對人生動人的關懷,就沒有真正的技巧。海德格,現象學,培特,柯立奇,蕭若和希克洛夫斯基異曲同調,殊途同歸。關鍵在於,他們都沒有將文思或是詩想變成制式的理論,因為他們要保持世人、詩人、詩讀者心靈對人生的躍動感。

如何看待當代的漂泊意象？

　　面對現實人生，有些詩人心裡似乎歷盡漂泊。漂泊或是放逐是表象離心，而底層向心的現象。

　　離心是對現實有所期盼而失望，而失望後又因為遠離，而有潛在的自責。自責可能變成更大的期盼和牽掛，雖然這個牽掛夾雜著離心和向心的心路歷程。

　　詩人的語調總是夾雜了悲喜的雙重回音。讓自我與現實騰出空間的距離，使觀照富於冷靜的智慧。但空間的距離也使表象抽離的情感更加暗潮洶湧。

　　詩中，在形而上的觀照下，意象帶出兩岸迥然不同的風景。有笑聲，也有欲哭無淚的場景。不論是哭笑悲喜，那不是空間的斷絕，而是心神的相繫。

概念思維與意象思維有何不同？

　　顧名思義，概念是抽象理念，可能是「雄壯」、「神聖」氣象磅礴的用語，可能是「悲哀」、「寂寞」情緒感嘆的用語。但何謂「神聖」？何謂「寂寞」？非常抽象。電影的導演不會闖出來跟觀眾講：「他很寂寞」。他只能用「影像」表達劇中人的「寂寞」。他可能會拍早上還天黑時，一個人坐在公寓的窗台上持續抽著煙，看著下面打著燈的車陣，一坐兩個小時。晚上，這個人還是同樣的動作。第二天，還是同樣的動作。這時觀眾感受到這個人日子過得很「寂寞」。

　　文學要有哲學的厚度，但文學與哲學的不同在於，以具象替代抽象，詩尤其是如此。意象思維是透過具象引導讀者對人生的省思。「如此空氣污染，史無前例，我們怎麼存活？」是概念思維；「要多少肺活量才能吞吐滿街的塵埃？」是意象思維。「政府貪污嚴重，弊病層出不窮」是概念思維；「國庫裡要養

多少隻蛀蟲才能抑止通貨膨脹？」是意象思維。「她失戀後，哀怨憂傷，失魂落魄，度日如年」是概念思維；「她失戀後，經常把晨曦看成暮色」是意象思維。

　　有些意象兼具概念思維與意象思維。正如我以前討論「看見」與「看穿」時的例子：「鷺鷥自問：/涉水而來的時間/是否來的太早？/所有的疑問/山巒的答案是/半黑半白」。「半黑半白」意謂是非難以定論，沒有確定的答案。這是概念。但「半黑」是山巒陰影的部份，「半白」是陽光照到的部份。這是意象。又如我的詩〈政客〉的第一節：「你是一枚銅幣/在手指間輾轉發亮/因此，你漸漸/喪盡顏面」。「喪盡顏面」意謂不要臉，丟人丟到底，是概念。但銅幣上的人像，在眾人的手指間輾轉摩擦，的確失去臉孔的樣貌，是意象。大部份的讀者「看見」這個意象的瞬間，也「看穿」了意涵。

何謂成功的超現實詩作？

　　五〇、六〇年代，有些詩人認為超現實是以反理性反邏輯來重現更真實的現實。這也是紀弦強調的「現實之最深處」的現實。

　　我們可以把「更真實的現實」作為檢驗超現實詩作成敗的依據。「更真實的現實」的立足點是詩人和人生相傍依、思維和現實相牽繫。同樣是五〇、六〇年代超現實書寫，洛夫《石室之死亡》中如此的意象觸動人心：「所有的玫瑰在一夜萎落，如同你們的名字／在戰爭中成為一堆號碼」（第49節）。詩行讓我們逼視到戰爭真實的樣貌，生命只剩下一些代表死亡的兵籍號碼。所有玫瑰一夜間全部萎落是超現實思維，名字變成號碼是經由思想的剪輯而跨越常理邏輯。

　　因此，成功的超現實詩作，不是天馬行空，而是有現實支撐的想像。

「寫詩」與「做詩」有何不同？

　　「寫詩」與「做詩」的差異在於：前者因為對人生有深刻的感觸，不自覺地興起寫詩的念頭；後者可能有某種目的導向，如為現實的情境吶喊，如為了玩弄技巧引人注目。以「寫詩」完成的好詩中，詩人的思緒融入設想的情境，文字、意象自然且有詩質，偶有文辭的斟酌，時有神來之筆。「做詩」的人經常使用裝飾語，字裡行間很多「做出來」的痕跡，有時用多餘的形容詞，有時用造作的動詞，有時用刻意扭曲的意象。反諷的是，「寫詩」因為技巧似有似無，有些讀者不時錯過其中濃密的詩性；「做詩」因為斧鑿很深，造作的痕跡很明顯，很快逗引套用理論的批評家的引頸仰望。

　　試舉兩例。「寫詩」：「···/秋涼了···/我匆匆由房間取來一件紅夾克/從五樓陽台/向你扔去/接著：/這是從我身上摘下的/最後一片葉子」（洛

夫：〈寄遠戍東引島的莫凡〉）；「做詩」：「一條界，乃由晨起的漱洗者凝視的目光，所射出昨夜夢境趨勢之覺與折自一帶水泥磚牆頂的玻璃頭髮的回聲所織成」。（作者作品：姑隱其名）

「寫詩」/「做詩」
與套用理論的關係

　　創作動機經由語言的完成才有詩。強調語言事件之後的成品與強調語言事件之前的構想,也造成「寫詩」與「做詩」兩種不同的寫作態度。

　　以理論的運用來說,「寫詩」的人即使有理論的意識,理論在詩行中的痕跡似有似無。「做詩」的人則是依循理論的框架,所謂書寫幾乎就是自我宣示:批評家,請看,你們要印證的理論就在這裡。二、三流的批評家經常對這種自白驚豔,對於前者意象中隱約的理論思維大都陷入視覺的盲點。

　　換句話說,有些批評家論詩時,只看到「做詩」,經常忽略好的「寫詩」。

「目的論」的盲點

　　假如詩能引起人性的共鳴，詩已經豎立了社會性價值。

　　但是，當詩人把社會性價值擺在意識的第一個層面時，詩就佈滿了焦慮的急促感。

　　若是「目的論」的理念變成詩的驅策者，若是詩變成目的論的代言人，詩也自然將自我從藝術價值中放逐。

　　目的論（teleology）有三種意涵。一、語言的發生與目的是直線距離。二、語言是消耗性的傾向，目的達成，語言的作用就跟著消失。三、語言是詩的承載工具。

　　假如想像是詩必然的內涵，詩所承載的訊息勢必迂迴隱約。假如詩的訊息指向某一個方向，這個方向和標的物之間層層疊疊了眾多飄浮的風景。

詩作並不是沒有動因，只是這個動因要由讀者去摸索體會，不是詩人明白的「指示」。

　　「目的論的詩人」採取直線寫作方式，是把「目的」、「題旨」說出來，無視詩內在相反力量的拉扯，也無視詩情境裡可能的逆向衝擊。對於這些詩人來說，文字就是動機直接的操控。被操控的文字就是要達到意識型態的社會性指標。

「看見」意象與「看穿」意象的主從關係

　　意象必然呈現兩種狀態，一個是我們肉眼的「看見」，一個是我們心眼的「看穿」。詮釋時，要先講出「看見」，再講「看穿」。

　　有些意象「看見」容易，「看穿」難。如我詩作中的一組意象：「回首是路邊拋棄的輪胎／前瞻是稻田焚燒的落日」。讀者很容易「看見」輪胎，「看見」焚燒的稻田，火焰高揚，似乎也在焚燒落日。但我們是否能「看穿」回首暗示回顧某一個過去，輪胎暗藏一個意外事件，甚至是人生的悲歡離合？前瞻，「看見」遠方的稻田與落日時，也「看穿」焚燒的濃煙可能吹向高速公路，而引發悲劇。落日被焚燒，因為是黃昏，黑暗即將來臨，而表象的黑暗隱含生命可能的黑暗。

有些「看見」比「看穿」難。我有一首詩〈問〉：「柳枝突出綠色的河岸／為了把影子投入水面／去捕捉水中的鷺鷥／鷥鷥自問：／涉水而來的時間／是否來的太早？／所有的疑問／山巒的答案是／半黑半白／適有燕子呼嘯而過／牠的尾巴剪斷一切，包括／過去和現在」。燕子尾巴剪斷一切的意象很容易「看見」，因為尾巴像一把剪刀。但「山巒的答案是半黑半白」呢？半黑半白意謂既是也不是，沒有固定的答案，有關時間的疑問，誰能給一個確定的答案？但讀者能「看見」半黑半白是因為陽光照射山巒的關係嗎？陽光沒照到的部份是「半黑」，照到的部份是「半白」。

　　閱讀／詮釋時，「看見」與「看穿」不可偏廢。很多人講詩時，似乎「看穿」了這首詩的主題，但沒有「看見」意象的細節。沒有「看見」，就意謂沒有真正的「看穿」。難怪英國十九世紀的詩人／劇作家王爾德（Oscar Wilde）說：忽視表象的人，是膚淺的人。

一些批評家的兩種心態

　　此地有些批評家有兩種極端的心態。一種是檢驗一個時代的前衛藝術，越前衛，越有被討論的可能性。另一種心態是，假如詩人是「著名的鄉土」作家，批評家原先的前衛準則，完全自我棄守，因此再粗俚的作品也仍然受到青睞。批評家以這樣完全對立的兩種準則，篩選作家，而忽視了真正最值得注目的作品，可能在這兩者之間。

　　批評家以如此「二元」對立的傾向看待作品，因而在美學上也呈現雙重標準。前衛的作品，被譽為走在時代尖端的想像，而忽視掉作者可能沒有足夠的想像力面對當下的人生。「鄉土」的作品，批評家完全棄絕美學，不論這些作品是否有沒有想像，而以作者的鄉土意識作為論證；換句話說，詮釋所謂鄉土詩，不是討論詩，而是討論意識型態。

詩壇/學界對「技巧」的誤解

　　有關「技巧」的論述,二十世紀有兩篇文章深具影響力,但也在此地一再被錯誤的引用與誤解。一篇是四〇年代蕭若(Mark Schorer)的〈以技巧作為發現〉("Technique as Discovery"),另一篇是俄國希克洛夫斯基(Viktor Shklovsky)的〈以藝術作為技巧〉("Art as Technique")。本書第三輯已經討論過希克洛夫斯基,現在介紹蕭若。

　　蕭若認為文學的魅力與價值,不是取決於人生既定的課題與內容,而是書寫「處理完成後的」(achieved)內容。書寫的「處理完成」會發現嶄新的客體。這就是「技巧」的展現。運用人生重要的題旨,並不一定成就優越的文學作品。「技巧」的運用,會在既有的題旨裡發現豐富複雜的人生。「技巧」「不僅涵蓋知識與道德的意涵,而且還發現這些意涵」。

　　蕭若這段文字在二十一世紀的今天,看來平凡無

奇。但在台灣的現代詩評論裡,「技巧」經常是再度從「處理完成後」的內容單獨抽析出來討論,而忽略了它本身已是內容,忘了它「在經驗的領域裡,探索與界定價值」,忘了它本身就是探索人生的憑藉,而且它本身就是書寫所顯現的人生。

很多人對蕭若以上的觀念經常有如下的誤解:一些強調前衛或後現代的書寫者經常將技巧等同於文字的戲耍,此其一。再其次,我們經常聽到這樣的「說法」:「你詩寫得不錯,但技巧不夠好。」技巧被誤解成為「工具」,而不是「完成後的」內容。

長詩美學

　　「所謂長詩」美學，並不是將一首短詩拉長，如濃湯摻水稀釋。長詩展現要如短詩的濃密，而又能將這些濃密的詩質展延成綿綿的敘述，在美學上才有意義。因此，長詩最基本的考驗，是文字的敘述是否已經變成散文？長詩是否已經變成以故事為主的敘事詩？葉維廉曾經對西洋的敘事詩以及現代詩有所區隔的討論。他說：西洋古代的敘事詩如《奧迪賽》、《伊里亞德》等是先有故事，才有詩；而強調抒情韻味的現代詩，則是先有詩才有故事。放在台灣現代詩的時空裡，有趣的是，長詩是否偏向故事的「敘事詩」，也變成進入長詩美學的關卡。長詩越趨於敘事或是說故事，詩質經常越趨於稀薄，也越偏離詩美學的走向。

　　長詩的存在對於詩人是一體的兩面。一方面長詩的寫作會使詩進展的節奏趨緩；另一方面，在趨緩的節奏中，沈穩地道出雄渾悲喜的人生。一方面，有些

詩人在長詩裡語言經常為了敘事，而流於鬆散，而趨近散文；另一方面，使詩長大而不流於散文，變成詩人對自我的挑戰。近代詩人兼詩論家瑞德（Herbert Read）說：「主要詩人與次要詩人的區別，在於是否能夠成功創作一首長詩，很難想像一個被稱為主要詩人的創作者，畢生的詩作悉數是短詩」。

　　在台灣現代的敘事詩裡，純然以故事性或是「敘事」性為主的長詩，大部分流於說明性，以及散文化。這些詩在八〇年代之前，是重要文學獎的指標，但若是將這些作品放在該詩人所有詩作的整體成就裡檢驗，是詩美學最脆弱的一環，因為敘事的重點大於回味的想像，詩質非常薄弱。

問：「要如何寫詩，才能吸引文學獎評審人的目光？」

　　詩藝成長的關鍵是：心中想要寫出有生命感的詩，而不是寫迎合評審人口味的作品。我與洛夫心目中的第一名，換成偏愛文字遊戲的評審者可能是最後一名。評審人的水平、品味各有天地，且評審人沒有明確的五官，若要吸引他們的目光，自己可能變成一隻無頭蒼蠅。其實，力求自己寫出動人的詩最重要。所謂動人，是透過濃密的詩質與詩性展現生命感。書寫現實人生的情境時，在感動別人之前，先能感動自己。一首詩完成後，先自我抽離以一個假想的「他」審視自己的作品。詩要感動「他」的情感，而不是煽動「他」的情緒。

簡政珍簡歷 / 寫作年表

1950 年　農曆六月十六日生於台灣省台北縣金瓜石。

1956 年　進入金瓜石瓜山國民小學。

1962 年　進入金瓜石時雨中學。

1965 年　進入八堵基隆中學高中部。

1968 年　進入國立政治大學西洋語文學系。

1971 年　開始寫詩，大都未發表。

1972 年　第一名考進國立台灣大學外文研究所。

1975 年　獲台大英美文學碩士，英文論文："Emerson's Dialectical Style"（〈愛默生的辯證文體〉）。

1976 年　軍中服役，擔任空軍官校英文教官。

1977 年		退役。任大同工學院英文組講師。
1979 年		進入美國奧斯汀德州大學比較文學博士班。
1982 年		獲奧斯汀德州大學英美比較文學博士,英文論文:*The Exile Motif in Modern Chinese Literature in Taiwan*(《台灣現代文學中的放逐母題》)獲該校博士論文獎。
		八月,任國立中興大學外文系副教授。
1985 年		英文論著 *The Reader in the Blanks*(《空隙中的讀者》)出版。
		八月,任中興大學外文系主任。
1987 年		七月,加入創世紀詩社
1988 年		三月,詩集《季節過後》由漢光文化出版公司出版。
		九月,詩集《紙上風雲》由書林出版公司出版。
1989 年		一月,英文論著 *Language-Consciousness-Reading*(《語言—意識—閱讀》)出版。

三月,《語言—意識—閱讀》中文版《語言與文學空間》由漢光文化出版公司出版。

五月,詩集《季節過後》獲中國文藝協會詩創作獎;《語言與文學空間》進入《聯合報》「質」的排行榜。

七月,《紙上風雲》獲《聯合文學》提名為詩集類年度好書。

八月,升任國立中興大學外文系教授。

十一月,獲《創世紀》詩社三十五周年詩創作獎。

1990 年　六月,長詩〈歷史的騷味〉刊登於《中外文學》第二一七期。

七月,詩集《爆竹翻臉》由尚書文化出版。

十月,和林耀德共同主編的《新世代詩人大系》由書林出版公司出版。

十二月,詩集《爆竹翻臉》及所策畫的「尚書詩

典」獲新聞局金鼎獎。

十二月，詩集《歷史的騷味》由尚書文化出版。

1991年　一月至三月，詩集《歷史的騷味》連上三個月《聯合報》「質」的排行榜。

五月，詩集《歷史的騷味》被《明道文藝》選為歷年來新詩類十四本「必讀好書」之一。

八月，長詩〈浮生紀事〉刊登於《中外文學》第二三一期。

九月，詩論集《詩的瞬間狂喜》由時報文化事業公司出版。

一月至三月，《詩的瞬間狂喜》連上三個月《聯合報》「質」的排行榜。

1992年　一月，任《創世紀詩刊》主編。

九月，詩集《浮生紀事》由九歌出版社出版。

1993年　五月，《電影閱讀美學》由書林出版公司出版。

五月，主編《當代台灣文學評論大系文學理論卷》，由正中書局出版。

七月，湯玉琦的碩士論文《詩人的自我與外在世界：論洛夫、余光中、簡政珍的詩語言》發表。

1994年　五月，詩及詩論精選集《詩國光影》由大陸廣州花城出版社出版。

九月，和瘂弦共同主編《創世紀四十週年紀念評論卷》。

1996年　十月，獲選為《創世紀詩雜誌》封面/專號詩人。

1997年　五月，第七本詩集《意象風景》由台中市文化中心出版。

1998年　十月，主編《新世代詩人精選集》由書林出版公司出版。

1999年　二月，長詩〈失樂園〉刊登於《聯合文學》。

十二月，詩論集《詩心與詩學》由書林出版公司

出版。

2002 年　三月,《電影閱讀美學》增訂版由書林出版公司出版。

六月,《簡政珍短詩選》(中英文對照本)由香港銀河出版社出版。

2003 年　五月,第八本詩集《失樂園》由九歌出版社出版。

十一月,《放逐詩學——台灣放逐文學初探》由聯合文學出版社出版。

2004 年　一月,從中興大學外文系退休。

二月,任逢甲大學外文系教授。

三月,《音樂的美學風景》由揚智文化事業公司出版。

三月,長詩〈流水的歷史是雲的責任〉刊登於創世紀詩刊。

	七月,《台灣現代詩美學》由揚智文化事業公司出版。
	十月,長詩〈放逐與口水的年代〉刊登於創世紀詩刊。
2005 年	七月,楊智鈞的碩士論文《敞亮存有的詩性——簡政珍詩研究》發表。
	八月,任亞洲大學文理學院院長。
	八月,廖悅琳的碩士論文《語言‧意象‧詩美學——簡政珍現代詩研究》發表。
2006 年	六月,《電影閱讀美學》增訂三版由書林出版公司出版。
	六月,宋螢昇的碩士論文《出入人生:詩與現實的磨合,以簡政珍、羅智成、陳克華為中心》發表。
	十月,詩集《當鬧鐘與夢約會》由北京作家出版社出版。

十二月，詩論集《當代詩與後現代的雙重視野》由北京作家出版社出版。

2007年　三月八日至十一日，「兩岸中生代詩歌國際高層論壇暨簡政珍作品研討會」在北京師範大學珠海分校舉行。

六月，吳鑒益的碩士論文《現代詩從物象到意象的藝術——以簡政珍詩作為主》發表。

七月，張期達的碩士論文《不相稱的美學——以洛夫、簡政珍、陳克華詩語言為例》發表。

八月，王正良的博士論文《戰後台灣現代詩論研究》發表，其中第六章〈簡政珍詩論：意象思維〉專論簡政珍的詩論。

八月，轉任亞洲大學人文社會學院院長。

十二月七日，離開創世紀詩社。

2008年　一月，獲文津版《台灣當代新詩史》稱為「中堅代翹楚」。

	九月，詩集《放逐與口水的年代》由書林出版公司出版。
2009 年	六月，黃祺雅的碩士論文，《中文字在全像立體影像中辨識度研究》發表，其中第四章〈視覺詩應用立體全像媒材創作計畫〉集中以簡政珍的詩例論述。
	十二月，由大陸張銘遠與傅天虹主編的《漢語新詩百年版圖上的中生代》大陸作家出版社出版，除有關中生代的論述外，並收錄論述簡政珍作品的論文二十餘篇。
2010 年	三月，詩集《因緣此生──意象與印象的約會》由亞洲大學三品書院出版，是詩作搭配法國名雕塑家竇加（Edgar Degas, 1834-1917）74 件雕塑品的合集。
	六月，由吳思敬、簡政珍、傅天虹主編的《兩岸四地中生代詩選》由大陸作家出版社出版。這是華文界第一部兩岸中生代詩選。

六月，閔秋英的博士論文《台灣放逐詩歌與詩學1895 — 1987年》發表，其中第七章〈放逐的年代——時空與存有的辯證〉專論簡政珍的詩作。

2011年　一月，由文建會策劃，台灣文學發展基金會編製的「經典解碼〈文學作品讀法系列〉共十三冊出版，由十八位外文系學者撰寫，簡政珍負責撰寫第七冊《讀者反應閱讀法》與第八冊《解構閱讀法》。

五月，散文集《我們有如燭火》由聯合文學出版社出版。

八月，卸任亞洲大學人文社會學院院長，改聘為亞洲大學外文系講座教授。

2012年　五月，詩選集《所謂情詩》由「釀出版」出版。

2013年　七月，《第三種觀眾的電影閱讀》由書林出版公司出版。

2014年　一月，《台灣現代詩美學》簡體版由北京大學出

版社出版。

2016 年　九月，《楞嚴經難句譯釋》由和裕出版社出版。

2017 年　二月，《楞嚴經難句譯釋》增訂版由和裕出版社出版。

2018 年　一月，《苦澀的笑聲》由陝西人民教育出版社出版。

四月，應邀到法鼓山文理學院佛教系演講「楞嚴經的思辯與文采──經文的空隙與閱讀」。

十二月，《楞嚴經難句譯釋》修訂版由佛陀教育基金出版。

2019 年　六月，《大佛頂首楞嚴經》（全新標點斷句版，簡政珍標注），由佛陀教育基金會出版。

十月，獲聯經版《台灣現代詩史》選為焦點詩人。整部詩史共選七位焦點詩人，其他六人是：洛夫，余光中，羅門，楊牧，陳義芝，李進文。

2020 年	七月，詩集《臉書》由書林出版公司出版。
2022 年	二月，《電影閱讀美學》增訂四版由書林出版公司出版。
	十月，獲選為《兩岸詩》雜誌封面詩人。
	十二月，《台灣現代詩美學》增訂版由書林出版公司出版。
2024 年	一月，詩集《變臉詩》由聯合文學出版社出版。
	二月，散文集《我們有如燭火》由聯合文學出版社重新出版。
	十一月，《放逐詩學——台灣放逐文學初探》由聯合文學出版社重新出版。
2025 年	三月，《當代詩話》由書林出版公司出版。